www.mayabooks.co.kr

www.mayabooks.co.kr

광전사가 죽지 않아!

광전사가 ⑩ 죽지 않아!

지은이 | 누워서보자
펴낸이 | 권순남
펴낸곳 | (주)마야 · 마루출판사
등록 | 2008. 1. 7 (제310-2008-00001호)

초판 인쇄 | 2019. 11. 18
초판 발행 | 2019. 11. 21

주소 | 서울시 노원구 상계 1동 1049-25 신영산업 BD 602호
대표전화 | 02-2091-0291
팩스 | 02-2091-0290
이메일 | marubooks@hanmail.net

ISBN | 978-89-280-9326-7(세트) / 978-89-280-7254-5
정가 | 8,000원

잘못된 책은 교환하여 드립니다.
저자와 협의하여 인지를 붙이지 않습니다.

「이 도서의 국립중앙도서관 출판시도서목록(CIP)은 서지정보유통지원시스템 홈페이지(http://seoji.nl.go.kr)와 국가자료공동목록시스템(http://www.nl.go.kr/kolisnet)에서 이용하실 수 있습니다.」
(CIP제어번호:CIP2019044867)

광전사가 죽지 않아!

MAYA&MARU GAME FANTASY STORY
누워서보자 게임 판타지 장편소설

⑩

마야&미루

✦ 목차 ✦

Chapter 1 ···007

Chapter 2 ···051

Chapter 3 ···109

Chapter 4 ···161

Chapter 5 ···217

Chapter 6 ···275

광전사가
죽지
않아!

Chapter 1

　'흑룡'과 '둠스데이'의 대전쟁이 끝난 지 이제 1년.
　홀리 가디언은 그동안 많은 변화가 있었다.

　대전쟁에서 패배한 '둠스데이'가 음지로 사라지며 많은 길드가 탄생했다.
　더는 '둠스데이'와 같은 길드가 나올 수 없도록 거대 길드를 주축으로 세계 조약이 만들어졌다.
　조약의 효력으로 가장 먼저 '흑룡'이 해체되었다.
　이는 길드장인 알딘이 먼저 제안한 것으로, 좋은 선례가 되었다.

　네 번째 메인 스트림이 알딘을 중심으로 완전히 공략되

었다.
 역대 최고 위협이라 칭해진 '신화의 잔재'를 단독으로 물리친 것은 홀리 가디언 역사에 길이 남을 것이다.

 반년 전, 결투장이 열리며 수많은 유저들이 최강의 자리에 도전했다.
 현재까지 최고 티어인 '투신'에 오른 유저는 없으며, 가장 유력한 이로는 알딘과 제로스가 거론되고 있다.

 동방이 개방되며 많은 유저들이 무인으로 클래스를 변경했다.
 공식적으로 팔왕의 존재가 공개되었다.
 겁을 상실한 유저들이 팔왕에게 도전해 0.1초 만에 삭제된 사례가 천 건에 달한다.

 알딘이 신대륙을 발견했다.
 신대륙 초입에 서식하는 몬스터들의 평균 레벨은 700 이상.
 아직은 도전할 수 없는 영역으로 판단된다.

 세계 유수의 기업들이 홀리 가디언에 관심을 쏟기 시작했다.
 랭커, 혹은 네임드 유저들에게 전속 모델 러브콜이 많이

간다는 모양이다.

홀리 가디언의 환상적인 풍경을 배경으로 한 광고들이 한창 브라운관을 폭격하고 있다.

그중에서도 가장 핫한 건 유명 패션 브랜드인 '셩숑'의 전속 모델로 발탁된 알딘이었다.

계약금으로만 수십억을 받았다는 소문은 학계 정설.

그 외에도 많은 일들이 있었고, 지금 이 순간에도 많은 일이 벌어지고 있었다.

✠ ✠ ✠

지금까지 묵혀 두고 묵혀 두었던.
언젠가는 해야지, 해야지 했던 것을 이제 하려고 한다.
"저번에 하려고 했는데, 오만 사건이 다 터져서 결국 못 하고 말았지."
나는 손목에 걸려 있는 황금색 팔찌를 보았다.

[O.P.B(Omnidirectional Protect Bracelet-전방위 방어 팔찌)]
레벨:35
등급:전설
직업:모든 직업 사용 가능

내구도:150/150(수리 가능)
모든 능력 +50
마력 +20
특수 효과:
다중 육각 방패(7레벨)
마력포(7레벨)
특수한 물질로 이루어진 팔찌. 신화시대의 힘을 품고 있다. 북쪽 땅으로 향하면 팔찌의 진실에 도달할 수 있을지도 모른다.

이제는 그냥 액세서리에 불과한 나의 첫 전설 등급 팔찌.
그러나 이 팔찌엔 엄청난 비밀이 숨어 있었다.
바로 '고대 과학 문명'과 관련된 것으로 나조차 편린만 알 뿐, 자세한 건 알지 못했다.
"이번에 알면 되지."
이곳은 아틀란티스의 동쪽에 위치한 이타신 제국.
그중에서도 수도 앙그리드였다.
과거에 이곳까지 왔다가 팔왕의 사건에 엮여 여러 고생을 했었다.
덕분에 짭짤한 보상을 얻었지만.
"그나저나 왜 안 와?"
나는 광장 분수대에 앉아 누군가를 기다리고 있었다.
이타신 제국은 나와 연이 없는 곳으로, 지리적으로 잘 알지 못했다.

그래서 잘 아는 이에게 도움을 구했다.

그런데 20분이 지나도록 안 나타나고 있다.

천하의 알딘을 기다리게 하다니.

배짱 한번 두둑하다 해야 하나?

"여! 알딘!"

그때 저 멀리서 남자 하나가 손을 흔들며 나타났다.

지각한 주제에 밝게도 나타난다.

"바르톨 이 자식! 왜 이렇게 늦게 와?"

바르톨.

현 홀리 가디언 최강의 주술사이자 앙그리드에서 주로 활동하는 '하본' 길드의 길드장이었다.

바르톨이 머리를 긁적이며 사과했다.

"미안하다. 사람 하나 기다리느라."

"웬 사람?"

"인사해."

바르톨 뒤에 누군가 있었다.

주술사답지 않게 덩치가 커 전혀 보지 못했다.

"수줍어하지 말고. 팬이라며."

"시, 시끄러."

바르톨이 뒤에 있는 사람의 손을 끌어당겼다.

"음?"

"소개할게. 내 길드에 있는 카샤야. 널 꼭 보고 싶다고 해서."

"바, 반가워요."

카샤가 쑥스러운 얼굴로 인사했다.

적갈색 피부에 커다란 눈과 5 대 5 가르마를 탄 풍성한 머리카락이 꼭 파란 거인 요정이 나오는 애니메이션의 여주인공 같다.

입고 있는 복장도 그와 비슷했다.

나는 얼굴이 붉어지는 걸 느끼며 고개를 획 돌렸다.

"하하하! 알딘이 널 보고 반했나 봐."

"무, 무슨 시답잖은 소리야? 죄송해요. 이 멍청이가 원래……."

"크흠! 알고 있습니다, 멍청한 거."

"재미없게 뭐야~ 너 헤어졌다며."

"그건 또 언제 들었어?"

알딘이 인상을 찌푸렸다.

아는 사람이 많지 않을 텐데, 벌써 이놈 귀에까지 소식이 들어갔다.

저놈 말이 맞다.

나는 한 달 전, 셀리느와 성격 차이로 헤어졌다.

전형적인 장거리 커플들이 이별하는 방식이었다.

"괜한 소리 하지 마라."

"아직도 못 잊었냐?"

"어후, 좀 닥쳐! 왜 이렇게 눈치가 없어?"

"뭐 어때서?"

"사람이 헤어졌다는데……. 아무튼!"

카샤가 내 눈치를 살피며 바르톨의 배를 때렸다.

이대로 있다간 괜히 어색한 분위기만 연출될 것 같다.

"그만 출발합시다."

"아, 그렇지. 일단 내가 조사한 게 좀 있으니 밥이나 먹으면서 얘기 좀 나누자고."

"오케이."

✥ ✥ ✥

콰아아아!

일직선으로 쏟아지는 것 같은 눈발은 그야말로 재앙이 아닐까 싶다.

북부도 아니고 동부에서 이 정도의 블리자드와 맞닥뜨리다니.

"운이 나쁜걸."

"여기 따뜻한 지역 아니었어?"

"이곳은 원래 히든 에어리어였어. 마법이 지배하는 영역이라 이곳만 계절이 달라."

"그래도 이 정도 블리자드는 흔치 않았는데……. 시기가 나빴어요."

"그럼 어째야 합니까?"

"기다리거나 뚫거나. 둘 중 하나겠죠?"

"카샤 말이 맞아. 나는 기다리는 걸 추천. 보다시피 저런 곳을 뚫고 가는 건 미친 짓이라고."
 바르톨의 말이 맞았다.
 소나기 내리듯 쏟아지는 눈을 어찌 뚫는단 말인가.
 "흠……. 그럼 하늘을 뚫어 버려?"
 "뭐?"
 "네?"
 두 사람이 무슨 소리난 얼굴로 나를 돌아보았다.
 "앞을 뚫지 못하면 그 원인을 제거하면 되잖아."
 "지금 개그하는 거냐?"
 "진지한데."
 "야, 인마, 아무리 네가 홀리 가디언 짱이라도 하늘을 어떻게 뚫어?"
 "네……. 아무리 알던 님이라도 그건 조금 허세 같은데……."
 할 말 다 하면서 말 끌지 마쇼!
 할 거면 처음부터 당당하게 말하든가.
 "마법이라 했지?"
 "진짜 하려고?"
 "그럼 가짜로 하냐. 허세인지, 허세가 아닌지 두고 봐. 진짜 허세라면 결과가 말해 줄 테니까."
 "그건 또 무슨 개똥 같은 소리야?"
 "오글거려요."
 "큼큼!"
 이 유명한 유행어도 모르다니.

이래서 한국 출생이 아닌 것들이란!

나는 악신의 파편을 뽑아 들었다.

1년간 이 녀석도 참 많이 성장했다.

"일단은."

[마력 분해]

[마법 파훼]

[마법 파괴]

[현상 붕괴]

[환상 흡수]

다섯 가지 스킬이 검은 칼날에 휘감겼다.

　모두 마법전을 대비해 구한 것들이었다. 스킬 등급은 하나같이 낮지만 효율만큼은 최상!

"잘 보고들 있어."

콰아아아!

눈과 바람이 뒤섞인 소리는 다시 들어도 살벌했다.

새하얀 눈발에 하늘이 가려져 보이지 않았다.

"스읍!"

늘어뜨린 검을 양손으로 쥐어 위로 힘차게 휘둘렀다.

[어둠 파먹기]

새까만 어둠이 전방을 하얗게 물들인 눈발을 집어삼켰다.

어둠은 빛살처럼 허공을 격했다.

콰아아!

하얀 세계에 동그란 구멍이 뚫렸다.

어둠이 세상을 파먹기 시작했다.
어둠은 하늘을 향해 끝없이 솟구쳤다.
두 사람이 경악한 얼굴로 눈발을 뀐 어둠에서 시선을 떼지 못했다.
그렇게 어둠이 천상에 도달했다.

-------------!

먹구름 가득 찬 하늘에 작은 점이 찍혔다.
그것은 구름을 밀어내는 동심원이 되었고, 새파란 하늘이 어둑한 세상에 한 줄기 빛을 떨어트렸다.
"와!"
"이 미친놈!"
검을 회수했다.
어둠의 잔해가 입자가 되어 허공으로 사라졌다.
하늘을 보았다.
거대한 마법진이 먹구름 뒤에 숨어 있다.
"저걸 파괴하지 못하면 눈이 계속 내리겠어."
재앙 같은 블리자드를 만들어 내는 근원!
무시하고 지나쳐도 되겠지만 마법진이 존재한다면 언제고 이곳은 유저의 침입을 허락하지 않을 것이다.
"저것까지 파괴하게? 엄청나게 큰 마법진이라 준비가 많이 필요할 것 같은데."

"준비 같은 건 필요 없어."
"오오……. 이젠 허세 같지 않아요."
"그, 그런가요."
그들을 뒤로하고 다시 마법진을 보았다.
얼마나 강력한지 새파란 하늘을 다시 집어삼키고 있다.
그것도 오늘로 끝이다.
"쿠루쿠루."
쿠루루!
허공에서 작고 귀여운 해골이 뿅! 튀어나왔다.
오랜만에 불려 나온 쿠루쿠루가 내 뺨에 딱딱한 머리를 비볐다.
"저거 지워 버려."
쿠루루!
알았다는 듯 대답하며 마법진을 향해 손가락을 들었다.
이모티콘처럼 깜빡이던 눈에서 황금빛 안광이 분사되었다.

……!

마법진이 거짓말처럼 사라졌다.
먹구름이 본래 색을 되찾는다.
빗발처럼 쏟아지던 눈보라가 서서히 느려지더니 보기 좋은 함박눈이 되었다.
그마저도 얼마 안 가 뚝 그쳤다.

"……."
"……."

바르톨과 카샤는 서로를 보며 눈만 껌뻑거렸다.

"잘했어. 돌아가."

쿠루루!

나왔을 때처럼 뿅! 하고 사라진 쿠루쿠루.

맑아진 하늘을 보며 두 사람에게 말했다.

"봐라. 쉽지?"

✠ ✠ ✠

"넌 진짜 말도 안 되는 사기캐야. 버그 쓰는 거 아니야? 어떻게 일개 유저가 거대한 마법진을 한 방에 지워 버릴 수 있어?"

"다 어쩌겠냐. 내가 너무 잘난 것을."

"불공평한 세상. 망해 버려라."

"너도 열심히 노력하면 돼, 노력하면. 하하하!"

"진짜 놀랐어요. 펫 능력인가요?"

"네. 캔슬이라는 펫 스킬이에요. 쿨타임이 꽤 긴데, 사용하면 무슨 힘이든 무조건 지워 버릴 수 있어요."

"허허!"

"진짜 말도 안 된다니까."

하긴 우리 쿠루쿠루만큼 사기적인 능력을 가진 펫은 손

에 꼽힐 것이다.

그중에서도 단연 최고일 테고.

하양이는… 음…….

너무 많이 성장한 녀석은 왠지 선뜻 부르기 어렵다.

기회가 된다면 넓은 곳에 풀어 놀게 해 주자.

"어디로 가면 돼?"

"저곳이야."

바르톨이 가리킨 곳은 만년설로 뒤덮인 높은 산이었다.

"야, 눈이 실시간으로 녹고 있는데?"

"그렇겠지."

"아, 그렇겠네."

인위적으로 만들어진 눈이었다.

이곳엔 겨울이랄 만한 계절이 없으니 높아진 기온으로 눈이 녹는 건 당연했다.

"저곳에 신전이 하나 있어. 평범한 신전과는 달라."

"어떻게?"

"그건 제가 설명할게요. 얘보단 더 많이 알고 있거든요."

"얌마, 길드장이 말하는데 왜 자꾸 끼어들어?"

"시끄러! 길드장이 길드장다워야지. 그리고 내가 더 잘 아는 건 팩트잖아?"

"그건 또 맞긴 하지."

길드에서 바르톨의 입지가 어느 정도인지 굳이 안 물어도 알 것 같았다.

하긴 저런 성격에 휘어잡는 길드장도 안 어울리긴 하다.

"신전은 여타 저희가 알고 있는 신을 모시는 그런 곳이 아니에요."

"그럼요?"

"로봇이 하나 있어요. 아니, 그걸 로봇이라 불러야 할지 모르겠는데, 거대한 인간 형태의 기계장치예요. 신전 깊숙한 곳에 있는 거대한 의자에 앉아 있는데, 마치 잠을 자고 있는 것 같았어요."

"직접 가 보신 겁니까?"

"얘가 탐사대장이었어."

"그렇군."

"아무튼 그 외에도 구조물 자체가 SF 영화에서나 볼 법한 느낌이랄까요. 그런 쪽 지식이 아예 없어 설명을 잘 못하겠지만, 위험한 건 없고요."

"호오……. 대충 어떤 느낌인지 알 것 같아요."

"바로 가 보자고. 너의 그 팔찌의 비밀과 그곳은 분명 연관되어 있을 것 같거든."

"같은 생각이야."

애초에 전생의 기억을 살펴봐도 O.P.B의 비밀은 이타신 제국 내에서만 다뤄졌다.

거대 로봇이라…….

백 퍼센트 고대 과학 문명과 연관되어 있으리라.

우리는 축축한 땅을 지나 신전이 있는 산을 올랐다.

그리고 정상에 도달했을 때 신전을 발견할 수 있었다.
동시에,

위이잉!

O.P.B가 황금빛을 뿜어냈다.

"신전이!"
"무, 무슨 문제가 생긴 거 아니에요?"
신전 전체가 황금빛으로 물들었다.
쏟아지는 광채가 산 정상을 뒤덮었다.
신전과 팔찌가 공명하고 있다.
나는 팔을 들어 올렸다.
팔찌의 빛이 신전을 향해 쏘아졌다.
빛은 신전 꼭대기에 있는 작은 구슬에 닿았다.
드드드득!
땅 밑에서 톱니바퀴 돌아가는 소리가 들렸다.
땅이 크게 흔들렸다.
우리는 중심을 잡지 못하고 바닥에 주저앉았다.
"뭐, 뭔가요?"
"젠장! 건드리면 안 될 걸 건드렸나?"

"그런 건 아닐 거야."
"무슨 소리야? 어……. 너 팔찌가?"
바르톨의 시선이 내 팔목을 향했다. 이제야 본 모양이었다.
내가 가볍게 팔을 흔들었다.
"아무래도 내 팔찌가 잠들어 있는 신전을 깨운 것 같아."
"열쇠였다는 건가요?"
"네. 그런 모양입니다."
팔찌의 빛이 서서히 옅어졌다.
지진이 난 것처럼 흔들리던 땅도 진정되었다.
"바뀐 건 딱히 없는 것 같아요."
외형적으로 변한 건 없다.
우리는 신전 안으로 들어갔다.
내부는 뼈마디가 시릴 정도의 한기가 느껴졌다.
어둡지는 않았다.
무슨 원리인진 모르겠지만 벽 전체에서 빛이 나오고 있었다.
밝진 않지만 앞을 걷는 데 지장은 없었다.
"정말 아무것도 없군."
"말했듯이 그 로봇 같은 게 나오기 전까진 텅 비어 있어요."
"꽤 으스스하구만."
"양 갈래 길이다."
"어? 전에 왔을 때 저런 건 없었는데?"
카샤가 당황했다.

"전에 이쪽으로 안 온 거 아니야?"
"아니야. 길은 처음부터 하나였어. 샛길 같은 건 존재하지도 않았다고."
"아무래도 산 전체를 흔들었던 진동과 관련 있어 보이는데."
"신전에 변화가 생긴 거란 말이야?"
"카샤 씨의 말이 맞다면 그렇겠지."
"맞아요. 바뀐 거예요."
"나 혼자 왼쪽으로 가 볼 테니 두 사람은 오른쪽을 살펴봐."
"알겠어."
바르톨과 카샤가 오른쪽 입구로 들어갔다.
"간만의 모험인가."
혹시 모를 습격에 대비해 칼자루에 손을 올리고 왼쪽 입구로 들어갔다.
우웅!
동시에 팔찌에 빛이 들어왔다.
"뭐야?"
복도 전체가 황금빛으로 물들었다.
벽에 알 수 없는 벽화들이 그려지기 시작했다.
어떤 건 글자였고, 어떤 건 그림이었다.
앞으로 걸어가며 벽화를 천천히 살폈다.
"배를 만드는 방법이잖아?"

글자는 알아볼 수 없지만 그림은 어떤 배를 만드는 과정이 순서대로 나열되어 있었다.

배를 만드는 데 투입된 인원은 그림만 봐도 셀 수 없이 많았다.

벽화를 따라 쭉 걸었다.

길의 끝에 도달했을 때 나는 벽화에서 설명하고 있던 배가 어떤 것인지 알 수 있었다.

"아, 천계로 향하는 배가 여기서 만들어진 거였어?"

통칭 천계로 향하는 배.

본격적으로 신족과 인간, 악마족이 뒤엉키게 되는 원인이었다.

하지만 그뿐, 천계는 전생에서도 공개된 적 없었다.

"마계 에피소드가 끝나고 공개될 예정이었겠지."

어차피 다 추측이니 넘어가고.

"그래서 내가 배를 얻을 수 있는 건가?"

기억상으로 배가 등장한 시기는 앞으로 4년 후.

일곱 번째 메인 스트림에서 레바테인이 부활하기 직전 한 유저에 의해 공개되었다.

"으음……. 내가 너무 빨리 발견했나?"

그게 아니면 배를 얻는 과정이 그렇게 긴가?

아무리 생각해도 후자는 아닐 것 같았다.

일단 길 끝에 있는 문을 열었다.

빛 한 점 들어오지 않는 새까만 어둠이 반겨 왔다.

빛을 일으키자 사위가 밝아졌다.

"호오······."

수많은 뼈가 지천으로 널려 있다.

당장 발밑에 썩은 두개골이 뒤에서 불어오는 바람에 흔들렸다.

끼리릭!

지네 한 마리가 뚫린 눈두덩에서 튀어나왔다.

"여긴 뭐야?"

그 전에, 이런 공간이 있을 수가 있나?

두 사람이 들어간 입구는 모르겠지만 적어도 내가 들어온 길은 일직선이었다.

꺾이지도, 크게 휘지도 않았다.

이런 공간이 존재하려면 옆에 갈림길의 입구가 하나 더 있어야 했다.

[고대, 왕족, 팔찌, 그대, 누구.]

높낮이를 알 수 없는 딱딱한 음성이 마디를 쪼개며 들려왔다.

"뭐야? 할 말 있으면 앞에 나와서 해."

[고대, 왕족, 팔찌, 그대, 누구.]

내 말엔 대꾸조차 하지 않고 했던 말을 반복한다.

"두 번 말 안 해. 하고 싶은 말이 있으면 얼굴 까고 말해라."

[고대, 왕족, 팔찌, 그대, 누구.]

"됐다."

악신의 파편이 뽑히기 무섭게 새까만 공간을 격했다.
콰가각!
바닥을 덮은 벽돌이 솟구치며 돌 파편이 사방으로 튀었다.
쾅!
참격이 공간 끝에 닿았는지 시원한 폭음이 들려왔다.
[파괴, 공격, 불가, 경고, 죽음.]
"지랄은."
녹빛의 신력이 발아래서부터 일어났다.
[구원의 신격 개방]
신격은 1년 전과 비교할 수 없을 정도로 농밀해졌다.
아직도 반신 수준이지만 반신이라고 다 같은 반신은 아니다.
[신력, 확인, 등급, 반신, 대신격전, 요망.]
공간 전체가 크게 흔들리기 시작했다.
나는 한 치의 고민 없이 위로 점프했다.
발밑에서 수십 개의 가시가 솟구쳤다.
거기서 끝이 아니었다.
가시들이 4등분으로 갈라지더니 바늘보다 얇은 것을 동시다발적으로 쏘았다.
번개화로 흘려 버릴까 싶다가 묘한 불안감이 일었다.
[점멸]
20미터 떨어진 곳에 가볍게 착지했다.
가시가 있는 곳을 보았다.

"없어?"

그 짧은 순간 싹 다 사라졌다.

스스슷!

갑작스레 들려온 소리.

반사적으로 위로 뛰었다.

가시가 솟구쳤다.

가시들이 갈라지며 다시 바늘을 쏘아 낸다.

그 일련의 과정이 고작 1초도 채 되지 않았다.

[점멸]

"흐억!"

20미터 정도를 이동한 나는 바닥을 격하게 굴렀다.

거의 반사적으로 사용한 만큼 좌표를 완벽하게 설정하지 못했다.

"또 사라졌어."

스스슷!

제기랄! 쉴 시간도 안 주는 거냐?

이렇게 피하기만 해선 안 된다.

악신의 파편을 땅 밑으로 찔러 넣었다.

[흑점:소드 블랙홀]

칼날에 어둠이 일어났다.

어둠이 검극에 맺히자 바닥이 움푹 파였다.

까가가가각!

강력한 중력이 원형으로 끌어당겼다.

헤집어진 벽돌이 반시계 방향을 그리며 한 점으로 모여들었다.

그곳엔 솟구치려던 가시들도 잔뜩 있었다.

[리히트 소일레]

어둠이 푹 꺼졌다.

중력에 이끌려 오던 것들이 일제히 멈추었고, 가시들은 제 할 일을 위해 다시 머리를 위로 들었다.

그 전에 빛이 먼저 솟구쳤다.

"후!"

내구력은 낮았는지 가시들은 흔적도 없이 사라졌다.

혹시 사라지지 않은 것일 수도 있어 경계를 늦추지 않았다.

"안 나오네."

시간이 흘러도 가시는 다시 나타나지 않았다.

다 끝났나?

목소리도 더 이상 들리지 않고.

"뭐야. 싱겁긴."

그보다 번개화를 쓰려고 할 때마다 들었던 불안감은 대체 뭐였을까?

"그보다 나가는 곳이 어디야? 왔던 곳으로 되돌아가야 하……."

[침입자, 반신, 강함, 등급, 두 단계, 상승.]

감감무소식이던 목소리가 다시 들려왔다.

나는 천천히 고개를 들어 천장을 보았다.

천장에 뭔가가 붙어 있다.
[본체, 직접, 전투.]
푸슈우우욱!
새하얀 증기가 뿜어져 나온다.
천장에 붙어 있던 뭔가가 아래로 착지했다.
쾅! 떨어지는 소리가 심상치 않다.
신성력의 빛 사이로 보이는 거구는 증기에 가려 잘 보이지 않았다.
하지만 이것 하나만큼은 알 수 있었다.
"진짜 로봇이라니."
그것도 꼭 3배는 빠를 것 같은 붉은색의 장갑을 갖추고 있었다.

✠ ✠ ✠

"방금 무슨 소리 못 들었어?"
"뜬금없이 뭔 소리야?"
카샤가 인상을 찡그렸다.
바르톨은 미간을 좁히며 고개를 기울였다.
"방금 소리가 들린 것 같은데."
"무슨 소리?"
"폭발하는 소리. 기분 탓인가?"
"나는 아무것도 못 들었어. 날 겁주려고 하는 거면 포기해라. 그런 거 안 통해!"

"아니, 진짠데……."

"닥쳐. 빨리 들어가 보자."

카샤가 문을 밀었다.

"와!"

"이 방은 뭐야?"

수많은 금은보화가 사방에 깔려 있다. 멋진 동상이 잔뜩 세워져 있고, 다이아몬드가 길가에 굴러다니는 돌멩이처럼 널브러져 있다.

"이런 곳이 있었다고?"

"아무것도 없었다며."

"그러니까 말이야. 대체 뭐가 어떻게 된 거야?"

"일단 좀 챙기자."

"그래."

두 사람의 눈이 황금으로 빛나며 금은보화들을 인벤토리에 쓸어 담기 시작했다.

"와, 근데 진짜 실화야? 우리 완전 떼부자 되는 거 아니야?"

"이거 다 처분해서 현금화시키면 진짜… 복권 당첨된 거랑은 비교도 할 수 없겠어."

"미쳤다, 미쳤다! 진짜 미쳤다!"

카샤가 금화를 품에 안고 위로 던졌다.

금색 비가 우수수 쏟아졌다.

"하하하! 알딘 아니었으면 이런 곳도 못 왔을 거야!"

"알딘 씨 것도 좀 챙겨야겠지?"

"당연한 소리를. 우리끼리 꿀꺽할 수 있는 양도 아니고. 무엇보다 은혜를 입었으면 갚아야지."

"맞는 말이야."

싱글벙글 미소가 떠나지 않는다.

그들은 금은보화를 계속해서 챙겼다.

그리고 누군가 그 광경을 지켜보고 있었다.

그것은 인간이 아니었다.

전신이 회색 쇳덩이로 이루어져 있었고, 빨간색 눈은 복잡한 회로가 뒤엉켜 불빛을 냈다.

치이익!

관절 마디에서 증기가 뿜어졌다.

두꺼운 장갑 아래로 투박하게 직각을 이룬 단단한 손이 나타났다.

가슴에 달린 파츠에 불이 들어왔다.

[침입자, 인간, 확인, 제거.]

키이이잉!

파츠에 들어온 빛이 뜨거운 열기를 내뿜었다.

두 사람은 자신들의 목숨이 위협받는 것도 모른 채 계속해서 보석을 챙겼다.

[격살.]

콰아아아앙!

광선이 뿜어져 나갔다.
새빨간 용암처럼 공간의 열기가 단숨에 치솟았다.
두 사람은 그제야 상황을 인지했다.
"피해!"
바르톨이 카샤를 옆으로 밀었다.
목에 걸린 녹색 염주가 밝게 빛나기 시작했다.

최강의 주술사가 손을 앞으로 내밀었다.

"바르톨!"
바르톨 앞에 다섯 장의 벽이 세워졌다.
그러나 광선은 벽을 종잇장처럼 꿰뚫었다.
한 장, 두 장, 세 장, 네 장.
그리고 마지막 장까지.
"안 돼애!"

----------!

광선이 관통한 자리에 10여 미터의 불길이 솟아올랐다.
 후폭풍이 금은보화를, 아니 수북하게 쌓인 먼지 덩어리들을 날려 버렸다.
 카샤의 가냘픈 몸이 그대로 휩쓸려 벽에 처박혔다.
 "쿨럭!"

피를 한 움큼 토했다.

카샤는 미약한 현기증을 느꼈다.

하지만 곧 정신을 차리고 바르톨의 생사를 확인하기 위해 비척이며 일어났다.

"바르톨……."

대형 화재가 발생한 것처럼 사방에서 불길이 일고, 새까만 연기가 방 전체를 가득 채웠다.

숨조차 쉬기 벅찬 상황.

그 안에서 붉은 안광이 서서히 다가오고 있었다.

"후우, 이런 함정이 있을 줄이야."

그 많던 금은보화가 모두 환상이었다.

쓴웃음이 절로 지어지는 상황.

"후아!"

반대쪽 구석에서 익숙한 목소리가 들렸다.

"바르톨!"

"카샤냐!"

"살아 있었네?"

"나도 몰라. 어떻게 살았는지. 그보다 어떻게 된 거야?"

"나라고 알겠어? 그보다 지금 나한테 너 공격했던 녀석이 다가오고 있거든?"

안광이 아까보다 가까워졌다.

목 뒤로 식은땀이 흘러내렸다.

"안 도망치고 뭐 해? 죽는다고!"

"나도 그러고 싶긴 한데……."
"젠장! 바로 거기로 갈게!"

바르톨이 있다고 생각되는 곳에서 요란한 발소리가 들렸다.

아무래도 돌무더기에 깔려 있던 모양이다.

[침입자, 말살, 수행.]

딱딱한 기계음.

안광이 점점 번져 나간다.

검은 연기가 붉은빛으로 물들며 그 중심이 새하얗게 빛을 내뿜었다.

콰앙!

동시에 카샤가 등을 대고 있던 벽이 허물어지며 누군가 나타났다.

"한 마리 더 있었네!"

새까만 궤적이 일직선을 그리며 쏘아진다.

"너도 뒈져라!"

어둠이 빛을 파먹듯 꿰뚫었다.

나는 새빨간 장갑으로 무장된 거대한 팔을 발로 찼다.

손바닥 중심엔 강철 남자가 쏠 것 같은 에너지 분출구가 동그랗게 보였다.

[침입자, 말살, 실패.]

고개를 돌려 옆을 보았다.

사지를 잃은 적색 로봇이 푸른 스파크를 튀며 누워 있었다.

두 눈은 연신 껌뻑이며 금방이라도 꺼질 것 같았다.

"생각보다 강했어."

못 잡을 정도는 아니었지만 예상외의 파괴력을 선보였다.

"두 사람은 버겁겠는데?"

바르톨이 세계 최강의 주술사라도 똑같은 녀석이 나온다면 필패다.

카샤가 있긴 하지만 듣기로 그녀는 레벨이 400대 초반이었다.

"600레벨이 넘는 이 괴물에게 살해당한다."

어떻게 해야 그들이 있는 곳으로 갈 수 있을까?

곰곰이 생각해 봤지만 역시 답은 하나밖에 없다.

"부숴!"

나는 그대로 오른쪽 벽을 들이받았다.

벽은 단단했지만 내 힘을 견딜 수 있는 수준은 못 됐다.

콰가강!

벽이 허물어졌다.

그리고 카샤에게 돌진해 오는 회색 로봇이 보였다.

"한 마리 더 있네!"

악신의 파편을 직선으로 그었다.

궤적이 번쩍! 빛을 뿌리며 날카로운 칼날이 되었다.
"너도 뒈져라!"
'어둠 파먹기'가 회색 로봇의 몸뚱이에 정확히 직격했다.
드드드득!
로봇이 뒤로 밀려났다.
발에서 고정 장치가 튀어나와 바닥에 박히긴 했지만 어둠 파먹기의 위력이 너무나 대단했다.
점멸로 공간을 뛰어넘었다.
"넌 약점이 바로 보이는구나."
가슴 중심에 박힌 붉은 파츠.
그곳을 검으로 꿰뚫었다.
파지직!
사방으로 스파크가 튀었다.
로봇이 내게 팔을 뻗었다.
잡히면 뼈째로 으스러질 것이다.
[번개화]
로봇의 손아귀에 들어가는 순간 육체가 번개로 바뀌었다.
손 안에서 번개가 튀어나와 로봇의 등 방향으로 길처럼 뻗어 나갔다.
나는 그곳에 있었다.
로봇이 손을 펼쳤다.
"없어, 인마."
[화이트 쉘]

빛이 부풀어 오르며 거대한 광구(光球)가 쏘아졌다.
그것은 지근거리에서 로봇에게 직격했다.
[폭발, 위험, 파괴.]
콰아아앙!
로봇의 거체가 휘청였다.
등에 달린 환풍구나 부스트가 모조리 파괴되었다.
장갑도 어느 정도 손상되었는지 절반 가까이 녹아내렸다.
하지만 거동이 불가할 정도로 파괴되진 않았다.
"그놈보다 더 튼튼해."
로봇이 몸을 돌렸다.
두 눈두덩에서 불길한 청광이 일렁였다.
[침입자, 강함, 조건, 부합, 진화, 허용.]
로봇의 전신 장갑에 푸른 균열이 일었다.
촤아악!
균열이 벌어지며 증기가 뿜어졌다.
그 사이로 새까만 내피가 드러났다.
회색 외피가 뒤집히며 복잡한 변형을 시작했다.
그리고 모든 변형이 끝났을 때,
[말살! 말살! 말살!]
로봇의 크기는 반으로 줄어들었다.
그렇다 해도 나보다 한참 컸지만, 위압감은 전보다 덜했다.
문제는,

"레벨이 왜 이래?"
"알딘 씨!"
"왜 불……!"
나는 대답하지 못했다.
어느새 코앞에 도착한 로봇의 주먹이 주둥이를 덮쳤다.
콰직!
주먹이 얼굴을 꿰뚫었다.
그러나 피해는 없었다.
"놀랐네!"
이전보다 상향된 번개화 컨트롤이 주먹을 흘려보낸 탓이었다.
[자연계, 확인, 입자 고정 스프레이, 분사!]
팔에 수십 개의 작은 구멍이 열렸다.
녹색 스프레이가 사방으로 뿌려졌다.
"음?"
번개화된 육체가 강제적으로 풀리기 시작했다.
생각지 못한 현상에 당황하고 말았다.
번개의 길을 깔고 놈과 거리를 최대한 벌렸다.
"알딘!"
먼지 연기를 헤집고 바르톨이 나타났다.
"멀리 떨어져!"
"안 그래도 거리를 벌린 참이다!"
"잘했다."

바르톨 주위를 녹색 구체 5개가 배회하고 있다.
바르톨이 두 손을 합장했다.
그의 입에서 알 수 없는 말이 흘러나오기 시작했다.
[파멸의 언(言):오형녹광섬(五炯綠光閃)]
떠돌던 구체들이 허공에 정지했다.
녹빛이 점점 밝기를 높이며 확장되기 시작했다.
바르톨이 기합을 터트렸다.
"합!"
다섯 줄기의 파괴 광선이 로봇을 향해 질주했다.
로봇이 팔을 들었다.
[위험, 분해, 파괴, 방어!]
손목에 둘러진 링이 커지더니 전방에 두꺼운 방어막을 만들었다.
다섯 줄의 광선이 방어막에 닿았다.
콰가각!
로봇의 다리가 바닥에 움푹 파였다.
광선의 파괴력을 입증하는 광경이었다.
"카샤!"
"알았어!"
카샤가 높이 뛰어올랐다.
그녀의 클래스는 위스퍼.
마법사 클래스가 가진 수많은 2차 전직 중 하나였다.
마법을 초능으로 승화시킨 힘이 카샤의 손에서 발현되

었다.
 [레인보우 스피어]
 오색 빛깔의 창이 로봇의 머리 위로 쏟아졌다.
 콰가가강!
 뿌연 먼지가 피어올랐다.
 나는 그대로 땅을 박찼다.
 '한 방!'
 한 달 전 동방을 방문했을 때 배운 스킬이 하나 있다.
 오로지 일격필살을 위해 마련했다.
 악신의 파편을 검집에 집어넣었다.
 그러곤 검집을 왼손으로, 손잡이를 오른손으로 파지한 후 칼날을 조금 뽑아냈다.
 로봇과의 거리가 5미터 이하로 줄어들었다.
 [발도술:극쾌 검후(劍後)]
 지잉!
 로봇의 허리에 시퍼런 선이 그어졌다.
 베는 속도가 너무 빨라 오히려 검이 늦게 도착한다 하여 붙은 이름.
 검후.
 과연 그 오만한 이름처럼 나조차 인지하기 힘든 속도로 로봇을 베었다.
 [의문, 하반신, 오류, 하반신, 오류.]
 콰가각!

로봇의 방어막이 사방으로 갈라졌다.
[위험, 위험!]
콰아앙!
다섯 줄의 녹색 광선이 로봇을 휩쓸었다.
이미 상반신과 하반신은 나에 의해 나뉘졌다.
로봇이 밀려들어 오는 힘을 버틸 수 있을 리 만무.
[위험……]
바르톨의 파괴적인 주술이 로봇에게 끝을 고했다.
"후아!"
"진짜 죽는 줄 알았네!"
"아, 힘들어."
우리는 바닥에 주저앉으며 숨을 골랐다.
마지막 3명의 연계 공격은 호흡부터 타이밍까지 완벽했다.
그때였다.
신전 전체가 크게 흔들리기 시작했다.
"무슨 일이야?"
"젠장! 무너지려는 거 아니야?"
"이럴 때가 아니에요. 빨리 튀어요!"
카샤의 말이 맞았다.
우린 재빨리 일어나 들어온 입구로 향했다.
"어?"
"이게 뭐야?"

"여긴 어디야?"

입구를 넘자마자 나를 포함해 모두가 비슷한 반응을 보였다.

뒤를 돌아보았다.

새까만 통로 안쪽엔 아무것도 보이지 않았다.

바르톨이 귀 아래를 긁적였다.

"뭐가 어떻게 된 거지?"

방금 전까지 금방이라도 무너질 것처럼 전체가 흔들렸다.

그런데 지금은 흔들림은커녕 평온하기 그지없었다.

"저기… 저게 제가 말했던 그 로봇 같은 거예요."

카샤가 가리킨 곳을 보았다.

거대한 로봇이 자는 듯한 모양새로 거대한 권좌에 앉아 있었다.

방금까지 싸웠던 로봇들보다 조금 더 크지만 전체적으로 비슷한 외형이다.

"저것도 움직일 수 있으니 다들 조심해."

"네."

"알겠어."

나는 두 사람을 놔두고 로봇에게 다가갔다.

로봇은 낡아 있었다.

습해서인지 이끼도 곳곳에 보였다.

권좌 역시 크게 다르지 않았다.

"이건 움직이지 않나?"

한번 만져나 볼까 싶어 왼손으로 로봇의 무릎을 건드렸다.
그리고,
"으음?"
팔찌가 빛나기 시작했다.
팔찌의 빛이 손을 타고 로봇에게 전해졌다.
다급히 손을 떼려 했지만 강한 힘이 못 떼도록 붙잡고 있었다.
"어이! 무슨 일이야?"
"알딘 씨?"
"당황스러우니까 나한테 묻지 말아 봐."
"하아?"
황금빛은 순식간에 로봇을 뒤덮었다. 그러길 잠시, 빛이 로봇 체내로 흡수되었다.
손이 떼졌다.
팔찌의 빛이 사라졌다.
툭- 이음쇠가 부러지며 팔찌가 아래로 떨어졌다.
팔찌를 다시 주우려는데,

위잉!

그런 소리가 머리 위에서 들렸다.
천천히 고개를 들었다.

[그대가 짐의 잠을 깨웠는가?]

로봇답지 않은 자연스러운 목소리엔 위엄이 담겨 있었다.

"아, 알딘?"

"알딘 씨……?"

그들의 부름을 무시하고 뒤로 몇 걸음 물러났다.

로봇이 권좌에서 일어섰다.

그것만으로 주변이 진동했다.

얼마나 오래 앉아 있었는지 흙먼지가 후두둑 떨어져 내려 주변을 뿌옇게 만들었다.

[다시 묻겠다. 그대가 짐을 깨웠는가?]

"짐이라면… 너를 말하는 거냐?"

[건방지도다. 왕을 앞에 두고 그런 자세를 취하는 것도 모자라 반말을 한다니.]

"네가 어떤 왕인데?"

[놈! 감히 짐을 능멸하려 드는 것이냐!]

이 로봇은 뜬금없이 무슨 소리야?

갑자기 자신을 왕이라 칭하지 않나, 건방지다 하지 않나, 이젠 능멸까지 나왔다.

"이봐, 나는 고철 덩어리 보고 존경을 표할 생각도 없고, 어떤 왕인지도 모르는데 왕 대접 해 줄 생각도 없어."

[무어라? 고철 덩어리? 짐을 보고 고철……. 어?]

그제야 로봇은 뭐가 잘못됐는지 깨달았다.

바르톨과 카샤가 내 곁으로 다가왔다.

"어떻게 된 거야?"

"몰라. 살짝 충격받은 것 같은데."

"왜요?"

"모른다니까요."

고철이란 말이 충격적이었나?

반응을 보니 그건 아닌 것 같았다.

[지, 짐이… 왜 이 몸에……? 어째서 '기간티스'에 존재한단 말인가?]

아무래도 로봇의 명칭이 기간티스인 모양이었다.

[답을 알고 있는가?]

"모르지. 그걸 우리가 어떻게 알겠어?"

[허허……. 설마 실패하고 만 것인가.]

재밌는 키워드가 나왔다.

나는 눈을 빛내며 물었다.

"어떤 실패? 듣는다면 혹시나 알 수도……."

[그조차 모르는가?]

"알면 안 물어봤겠지."

[그건 맞지.]

수긍이 빨라서 좋다.

[얘기해 주마. 우리의 실패에 대해서.]

로봇의 목소리가 아련했다.

이건 좀 웃겼다.

✠ ✠ ✠

로봇이 권좌에 다시 앉았다.

[그리된 것이다. 설마 실패할 줄은 몰랐구나.]

"그러니까 거의 4천 년 전의 얘기군."

로봇의 모든 얘기를 다 들은 나는 확실히 대답할 수 있었다.

로봇은 고대에 존재했던 왕국의 왕이었다.

그 고대의 왕국은 내가 찾아 헤매던 뛰어난 과학 문명을 가진 그곳이었다.

그리고 고대의 왕이 말한 실패는 '천계로 향하는 배'였다.

[4천 년 전이라……. 허허! 나는 육체를 잃고 영혼만이 기간티스에 들어가 그리도 긴 시간을 보낸 것인가.]

"그럼 한 가지 질문."

[무엇이냐.]

"배를 완성했다고 했는데, 어째서 실패하게 된 거지?"

설명을 다 듣긴 했지만 그 어디에도 실패에 대한 건 없었다.

왕이 말했다.

[과정은 모르지만 내가 이 안에 있는 것만 봐도 우리의 목적은 실패한 것이다.]

"기억상실증은 참 짜증 난단 말이야."

"알딘, 도대체 뭐가 어떻게 돼 가는 거야?"

"4천 년 전은 뭐고, 배는 또 뭐예요? 하나도 못 알아듣겠네."

미래 지식이 없는 그들에겐 모두 처음 듣는 얘기일 것이다.

"나도 잘은 모르는데, 예전에 모험을 하다가 책 한 권을 발견했거든."

그들에게 회귀자임을 밝힐 수 없으니 대충 둘러 말했다.

아무래도 상대가 나이다 보니 두 사람은 바로 수긍했다.

"천계로 향하는 배라……."

"흠……. 그럼 신들이 벌을 내린 거 아녜요? 당신은 그 배를 이끌고 천계까지 향할 생각이었다면서요."

[하지만 신들께서 왜?]

"제가 이 세상을 겪으며 느낀 건, 이곳 신들은 올림푸스의 신들과 비슷해요. 인간적이면서, 이기적이죠. 그들은 하찮은 인간들이 자기들과 같은 위치에 서는 게 마음에 안 들었던 거예요."

카샤의 추측은 그럴싸했다.

이곳의 신들이라면 그러고도 남을 것이다.

그리고 그 생각에 누군가 확신을 주었다.

[오델론이 그녀의 생각에 흥미로운 미소를 짓습니다.]

아, 이 사람이라면 다 알고 있겠구나?

고대보다 더 오래전, 신화시대에 태어나 지금까지 살아온 역사 그 자체!

나는 입꼬리를 살짝 올리며 왕에게 물었다.

"우리를 배가 있을 법한 장소로 안내해 줄 수 있나?"
[바로 여기다.]
왕의 손가락이 아래를 향했다.

Chapter 2

나는 왕의 검지를 따라 시선을 내렸다. 그곳엔 오래되어 균열이 진 바닥밖에 없었다.

아, 오랜 세월 쌓인 먼지도 수북하긴 했다.

다시 왕을 보았다.

"땅바닥이잖아."

[멍청한 것. 지하를 말하는 것이다.]

"지하가 있어?"

왕이 손을 들었다.

손바닥이 금빛 찬란하게 번쩍였다.

[기간티스의 몸이다 보니 권능의 효율은 훨씬 뛰어나군.]

쿠구구궁!

신전이 크게 흔들렸다.

황금빛이 신전 전역을 휩쓴다.

바닥을 이루는 돌판 사이로 강대한 빛이 뿜어져 나왔다.

웅장한 BGM이 곳곳에서 흘러나오기 시작했다.

"갑자기 무슨 노래야?"

"세상에! BGM 효과도 있었구나, 홀리 가디언에."

마치 고대 이집트의 이름 없는 파라오가 나올 것만 같은 BGM!

"바닥이 흔들린다!"

"다들 조심해!"

"끼야악!"

우리는 바닥에 엎드려 최대한 몸의 중심을 낮췄다.

고대의 왕이 양팔을 높이 올리곤 주문을 외듯 외쳤다.

[일어나라! 깨어나라! 우리를 하늘로 안내해 줄 대행자여!]

황금빛 기둥이 하늘 높이까지 솟구쳤다.

그것은 열십(十)자로 나뉘어 그 3개의 꼭짓점이 둥근 원형으로 연결되었다.

동시에 하늘 높은 곳에서 산 전체를 뒤덮는 빛이 터져 나왔다.

나는 어둠을 두른 채 공중으로 떠올랐다.

바르톨과 카샤는 보이지 않았다.

'저항할 수 없는 거대한 힘이야.'

나는 이 현상을 알고 있었다.

몇 번이고 봐 왔으니까.

"천계로 향하는 배가 가동된다……!"
빛이 한 점으로 응축되기 시작한다.
빛으로 뒤덮였던 세상이 원래 색을 되찾았다.
나는 저 멀리 공중에 떠 있는 두 사람을 보았다.
시선을 위로 옮겼다.
광원이 찬란하게 빛나고 있다.
[광안]
광원을 관통하는 마력의 흐름이 한눈에 들어왔다.
거대한 선체와 양옆으로 뻗어 나와 있는 수많은 노(櫓)가 보였다.
노가 제멋대로 허공을 휘젓기 시작했다.
선체 위로 희미하게 보이는 거대한 돛이 펄럭였다.
[오랜 세월 동안 가동되지 않은 것치고 상태가 완벽하군.]
아래를 보니 고대의 왕이 만족스러운 웃음을 터트렸다.
"다들 조심히 내려와!"
나는 점멸로 왕의 옆에 착지했다.
[재미난 힘을 쓰는구나.]
"저게 그 배인가?"
[맞다. 엄청나지 않은가? 저 거대한 선체와 왕국의 모든 기술력을 총동원해 만든 동력원, 하늘을 날 수 있도록 제작된 비행 시스템, 마지막으로 나라 하나쯤은 쉽게 지워버릴 수 있는 강력한 파괴력까지!]
"하지만 신에겐 아무것도 하지 못하고 저지당했잖아."

[괜히 초 지지 말라.]

"하여튼 저게 확실하단 말이지."

모양만 같을 뿐 다른 배일 수도 있으니 왕에게 굳이 확인을 받았다.

전생에 천계로 향하는 배가 처음 등장했을 때, 그 주인은 모든 유저에게 이런 말을 했었다.

'자, 이것이야말로 신의 힘에 필적하는 궁극의 병기! 나는 이것으로 대륙을 정복하여 진정한 왕이 될 것이다!'

실로 중2병 넘치는 모습이 아닐 수가 없었다.

모두가 비웃었다.

그러나 배의 위력은 그 비웃음마저 비웃었다.

배를 강탈하려던 길드 몇 개가 일거에 소멸했다.

당시 최강이나 다름없던 '둠스데이'도 배의 힘에 함부로 접근하지 못했다.

배의 주인은 기고만장했다.

그때만큼은 분명 그자가 홀리 가디언 최강이었다.

마계의 문을 건들기 전까지는.

'그때 머저리같이 마계의 문만 건드리지 않았더라면.'

강대한 마계의 귀족이 나오지 않았을 테고, 마왕이 대륙에 어둠을 전파하지 않았을 것이다.

 당시 유저들은 놈도 놈이지만 레바테인과의 결전 때문에 마계의 문에 신경을 쓰지 못했다.

 레바테인을 쓰러트리고 안정기에 돌입했을 땐 이미 돌이킬 수 없는 사태가 벌어졌다.

 하지만 이번 생엔 그런 일이 벌어지지 않을 것이다.

 "저 배로 어쩔 생각인지 물어봐도 될까?"

 [이렇게 된 거, 다시 천계에 도전한다!]

 "도전? 오르겠다는 얘기야?"

 [아니, 이번엔 오르는 걸로 끝나지 않는다. 짐은 짐에게 실패를 안겨 준 신들에게 복수하리라.]

 "그럼 하는 수 없구만."

 [무엇이 말이지?]

 "나도 저게 필요하거든."

 [뭐라?]

 "그러니까 지금부턴 적이야."

 세상에 어둠이 차올랐다.

 태양이 사라지고, 배가 뿜어내는 광채가 그림자에 파묻혀 지워졌다.

 오로지 왕의 눈에서 흐르는 안광만이 어둠을 밝혔다.

 [놈!]

 "확실히 아까 상대한 로봇들보단 성능이 뛰어난가 봐."

 [결국 배를 노리고 온 얼간이였군.]

"처음엔 배와 엮일 줄은 몰랐는데, 벽화 덕분에 알게 됐거든."

[후회하리라.]

"그럴 일은."

악신의 파편을 들어 올렸다.

어둠 속에서 검은빛이 쨍하게 터져 나왔다.

"없어."

[악신의 시선]

왕의 눈에 경악이 떠올랐다.

[이 힘은!]

"당신의 계획을 침몰시킨 신들조차 두려움에 떨게 만든 악신, 아포피스의 힘이다."

[사악한 존재의 끄나풀이었는가!]

"그건 아니고."

하늘에서 떠진 거대한 뱀의 눈이 고대의 왕을 향했다.

[악신의 시선을 받은 모든 생명체의 능력치가 20퍼센트 감소합니다.]

[표적을 단일화시켰습니다.]

[악신의 시선을 받은 단일 개체의 능력치가 30퍼센트 감소합니다.]

[이런!]

"다들 최대한 멀리 피해 있어!"

멍한 얼굴로 이곳을 지켜보고 있던 바르톨과 카샤가 냅

다 등을 보이고 달렸다.

나는 땅을 박차 왕에게 돌진했다.

어둠 속에서 피어난 한 줄기의 빛이 곡선을 그렸다.

그것은 내가 뛰어오른 방향이었고, 곡선은 일직선의 궤적이 되어 왕의 머리로 떨어졌다.

[쉽지 않으리라.]

로봇의 거체가 황금색으로 물들었다.

기간티스는 고대의 왕국이 '악마족'과 대적하기 위해 만든 과학 문명의 이기!

그리고 왕의 영혼이 담긴 지금의 기간티스는 마왕을 상대하기 위한 기물이었다.

비록 의식이 깨어난 지 얼마 안 되어 싱크로율이 낮다 하더라도.

[짐의 상대는 못 된다!]

거대한 주먹이 나를 향해 뻗어 왔다.

손목 파츠가 둥글게 펼쳐지며 강력한 충격파를 발산했다.

"크윽!"

빛이 어그러졌다.

충격파를 견디지 못하고 뒤로 날아가 처박혔다.

[그것밖에 안 되느냐?]

"젠장……. 확실히 세네."

몬스터 취급이 아니라 그런지 레벨이 보이지 않아 약간

방심했다.

　나는 웃으며 손을 털었다.

"하지만 이제부턴 꼼짝도 못할 거야."

　[헛소리를.]

"헛소리라고 생각한다면 직접 보고 판단해도 좋겠군. 아니, 이 경우엔 몸으로 판단하는 거겠지만."

　['가상 우주'가 전개됩니다.]

　지름 50미터 범위의 우주가 내가 선 곳을 중심으로 펼쳐졌다.

　고대의 왕이 어둠 속 자리 잡은 우주를 보며 중얼거렸다.

　[이 힘은 무엇인가?]

"겪어 보면 안다니까."

　시작은 가볍게.

　[메테오 스트라이크]

　반구 형태로 펼쳐진 우주의 끝에서 10개의 빛이 점 찍혔다.

　왕이 비웃듯 말했다.

　[뭘 한 건지 모르겠지만 아무래도 불발인 듯싶구나!]

　왕이 다리로 땅을 밀어내며 나를 향해 쇄도했다.

　기간티스의 거체가 무색하게 그 속도는 상당했다.

　왕의 왼쪽 어깨가 열렸다.

　수십 개의 작은 구멍이 나타났고, 그 안에서 자주색 광선이 쏘아졌다.

광선은 허공에서 방향을 꺾더니 내게로 질주했다.

[입자 분해 광선이니라!]

광선이 끊임없이 각도를 꺾으며 예측할 수 없는 방향으로 궤적을 그린다.

나는 그것들을 보다가 입꼬리를 올렸다.

"부질없는 공격이야."

우주 저 멀리서 반짝이던 빛이 점점 거대해진다.

그때까지도 왕은 인지하지 못하고 있었다.

나는 그게 어쩔 수 없는 현상이라고 생각했다.

왜냐하면 인지를 한 순간 모든 게 끝나 버리기 때문이었다.

"지금처럼."

화르르르륵!

불꽃이 격렬하게 타오르는 소리.

왕의 시선이 드디어 그곳으로 향했다.

[저것은!]

광선은 빨랐다.

하지만 직선으로 떨어지는 운석이 더 빨랐다.

콰가가가가강!

붉게 타오르는 운석들이 시야에 들어온 순간, 고작해야 1~2초.

운석이 대지에 틀어박혀 모든 것을 뒤집어엎었다.

후폭풍이 동심원을 그리며 땅과 하늘을 거칠게 헤집었다.

입자 분해 광선 따위야 견딜 수 있을 리가.

[크아아아악!]

왕의 비명이 들렸다.

나는 가볍게 땅을 차고 높이 뛰어올랐다.

"전력을 다할 만한 상대는 아니었군."

[플래닛 브레이커+어둠 파먹기]

검극에 별을 멸하는 힘이 맺혔고, 그 위로 진득한 어둠이 자리를 잡았다.

뿌연 폭연이 가시고, 기간티스의 모습이 드러났다.

[배은망덕한 놈!]

기간티스의 모든 파츠가 개방되었다.

특히 가슴 부분의 검붉은 구슬 안쪽으로 막대한 에너지가 밀집되었다.

[절망을 맛볼 것이다!]

구슬을 제외한 모든 파츠가 닫혔다.

에너지가 일제히 맺혔다.

어둠에 잡아먹혔던 천계로 향하는 배가 찬란한 황금빛을 뿌려 댔다.

[세기의 종말]

구슬과 배가 공명했다.

직감적으로 이 공격이 아주 위험하단 걸 느꼈다.

['구원의 신격' 전력 개방!]

[네놈! 반신이었던가!]

"보다시피."

뇌전의 신력을 일으켰다.

검극에 4개의 힘이 뭉쳤다.

거기서 끝나지 않고 빛과 어둠마저 일으켰다.

이것도 아직 전력이라 할 수 없지만 당장 낼 수 있는 모든 힘이었다.

[하지만 짐과 배의 힘 앞에 결국 제물이 될 것이다.]

구슬에서 길쭉한 광선이 쏘아졌다.

일순간 태양을 집어삼켜 만들어 낸 어둠이 거두어졌다.

왕이 서 있는 바닥이 움푹 파이며 계속해서 균열이 번져 무너지는 범위를 늘려 갔다.

엄청난 위력.

소음마저 초월한 힘의 세례.

그곳을 향해 악신의 파편을 찔러 넣었다.

-----------!

형용할 수 없는 빛이 터졌다.

번개가 된 몸으로 지그재그 움직여 왕의 앞에 떨어졌다.

왕 역시 빛 앞에서 자유로웠다.

검을 왼쪽 사선으로 내려쳤다.

단단한 기간티스의 외피에 가로막혔다.

왕의 주먹이 나의 어깨를 때렸다.

몸을 뒤로 흘리며 왼팔로 왕의 팔을 안쪽부터 휘감았다.

그대로 힘을 줘 밀어낸 다음 오른쪽 뒷발에 힘을 주고 몸을 앞으로 밀었다.

쿵!

기간티스의 거체와 나의 작은 몸뚱이가 부딪쳤다.

왕이 무릎을 들어 오른쪽 옆구리를 가격했다.

빠르게 팔로 막아 피해는 적었다.

대신 몸이 위로 떠올랐다.

당황하지 않고 그 반동을 살려 같은 방향 다리를 위로 꺾어 쳤다.

콰직!

신력을 두른 다리가 왕의 머리를 반쯤 우그러트렸다.

왕의 눈에서 광선이 쏘아졌다.

하나는 피했지만 하나가 왼쪽 가슴 아래를 꿰뚫었다.

갑옷까지 뚫을 정도로 파괴적인 광선이었다.

비명조차 입술을 씹어 참았다.

왕의 구슬 이음쇠를 붙잡고 몸을 위로 띄웠다.

목 안쪽 뚫린 부분으로 검을 찔렀다.

왕이 급히 팔을 들어 막았다.

그대로 팔 안쪽으로 다리를 집어넣어 반대쪽 다리에 걸었다.

무게를 실어 몸을 뒤로 트니 기간티스라도 팔이 꺾였다.

곡예하듯 다리를 풀어 위로 뛰었다.

그리고 원하는 곳에 재차 검을 찔렀다.

이번엔 반응하지 못했다.

"끝났어."

[이런……]

우드드득!

악신의 파편이 몸 안쪽 깊숙이 파고들어 중심에 위치한 핵을 파괴했다.

[짐이… 패배한 것인가.]

"후우……."

검을 뽑아내 뒤로 뛰었다.

두어 걸음 뒤로 물러나기가 무섭게 다리에 힘이 풀렸다.

"쿨럭!"

입에서 피를 토했다.

['경시되는 생명'의 효과로 공격력이 70퍼센트 증가합니다!]

생각보다 근접전에서 강력해 여러 번 위험했다.

특히 옆구리에 광선이 박혔을 땐 하마터면 중심이 흐트러질 뻔했다.

"하지만 내가 이겼어."

[네놈은 저 배를 가져 뭘 할 생각이지?]

왕은 핵이 파괴되었는데도 의외로 덤덤했다.

처음 본 성격과는 사뭇 달라 이질감이 느껴졌다.

나는 왕에게 솔직하게 말했다.

"나중에 있을 마계와의 전쟁에 유용하게 써먹을 거야."

[마계? 다시 마계가 열렸단 말인가?]

"아직은. 하지만 열릴 거야. 반드시."

[너는 대체 누구지? 어떻게 그리도 세상의 비밀의 많은 걸 알고 있는 것이냐.]

"모험가거든."

모험가라는 키워드에 왕이 반응했다.

왕은 잠깐 동안 가만히 있더니 고개를 끄덕이며 수긍했다.

[모험가… 모험가라……. 그렇군. 그런 거였어.]

"배는 내가 가져간다."

[너라면……. 그런가. 그렇구먼.]

피슉!

바람 빠지는 소리와 함께 거대 기간티스가 무릎을 꿇었다.

어깨가 축 처지며 두 눈에서 불이 꺼졌다.

✞ ✞ ✞

[띠링! 최초로 '왕의 영혼을 실은 기간티스'를 처치했습니다!]

['빛의 일족'이 역사의 뒤안길로 사라집니다!]

[천계의 좌표가 당신의 팔목에 새겨집니다!]

[대량의 경험치를 획득했습니다!]

['천계로 향하는 배'의 소유권을 획득했습니다!]

[칭호 '빛의 일족의 유지를 잇는 자'를 획득했습니다!]

빛의 일족?

전생을 통틀어 처음 들어 보는 이름이었다.

알림까지 뜰 정도라면 왕은 생각보다 중요한 인물이었던 모양이다.

이마를 짚었지만 결과는 돌이킬 수 없었다.

딱히 후회하는 건 아니었다.

왕의 도움이 없어도 배가 손에 들어온 이상 나는 충분히 앞으로 있을 메인 스트림을 잘 헤쳐 나갈 수 있게 되었다.

['천계로 향하는 배'의 컨트롤러가 당신의 몸에 주입됩니다.]

왕의 기간티스에서 황금빛이 뿜어져 나왔다.

기간티스의 외피를 뚫고 작은 구슬이 솟구쳤다.

황금색의 구슬이었다.

구슬이 빠져나온 기간티스는 더 이상 황금빛을 뿌리지 못했다.

"알딘, 그건?"

어느새 옆으로 온 바르톨이 물었다.

멀리 피해 있으라 했더니, 근처에 숨어 있었던 모양이다.

"저 배의 컨트롤러인 것 같아."

기간티스의 앞으로 걸어가 구슬을 쥐었다.

강렬하던 광채가 삽시간에 사라지더니 입자 단위로 분해되어 체내에 흡수되기 시작했다.

[인식······.]

전신이 황금빛으로 물든다.
['구원의 신격'이 강력한 힘을 견제합니다!]
[오델론이 구슬을 흥미롭게 생각합니다.]
화악!
황금빛이 돔 형태로 일대 전체를 뒤덮었다.
바르톨과 카샤가 팔을 들어 얼굴을 가릴 정도였다.
잠시 후, 빛이 사그라졌다.
나는 양 손등을 확인했다.
왼 손등엔 톱니바퀴가, 오른 손등엔 시계가 새겨졌다.
[인식을 완료했습니다.]
['천계로 향하는 배', 'GODKILLER'의 명령권을 사용하실 수 있습니다.]
['GODKILLER'는 오로지 뇌파 인식만으로 명령 전달이 가능합니다. 원하는 시스템 목록은 인터페이스를 통해 확인할 수 있습니다.]
"이름이 갓킬러?"
순간 어이가 없었다.
처음에는 그냥 천계에 오를 용도로 만든 배라고 했다.
그런 배의 이름을 갓킬러로 정했다?
이건 처음부터 천계와 전쟁을 할 생각으로 간 게 아닌가!
어쩐지 신들이 다짜고짜 고대의 왕국을 멸망시켰다는 게 말이 안 되었다.
'아니, 그럼 오델론은 왜 그런 반응을 보인 거야?'

괜히 더 오해가 생겼지 않은가.

"이자는 천계의 신들을 없앨 생각이었어."

"뭐?"

"그게 무슨 소리예요?"

나는 두 사람에게 배의 이름을 알려 주었다.

카샤가 말했다.

"허얼……. 그럼 우리한테 거짓말한 거예요?"

"이름만 보면 그런 것 같은데."

"갓킬러라니……. 허허! 신들이 가만히 있는 게 말이 안 되는 상황이었구만."

"그런데 저 배는 어쩔 생각인가요?"

카샤가 아직 공중에 떠 있는 거대한 배를 보며 물었다.

"축소."

손등의 두 문양이 황금빛으로 빛났다.

거대한 배가 빠른 속도로 줄어들기 시작했다.

이윽고 손 안에 들어올 정도의 크기가 되었다.

"미니어처 수준으로 작아지네?"

"와……. 조금만 구경해도 돼요?"

"그러세요."

배를 카샤에게 넘겨주고 혼자 주변을 더 살펴보았다.

땅은 배가 튀어나오며 거대한 크레이터가 만들어져 있었다.

비스듬한 경사를 타고 아래로 내려갔다.

그 뒤를 바르톨이 따라왔다.

"너도 가게?"

"어차피 여기서 할 것도 없잖아."

"그건 그렇지."

우리는 아래로 완전히 내려온 후 갈라져 주변을 살폈다.

신전 지하엔 생각보다 이것저것 많았는지 주변에 잔해가 꽤 많았다.

굵직한 전기선부터 시작해서 배의 균형을 잡아 주는 틀까지.

그야말로 판타지 세계와는 어울리지 않는 미래 문명처럼 보였다.

실제로 미래 문명이었다.

신들이 고대의 왕국을 멸망시키지 않았더라면 홀리 가디언의 장르는 SF였을 게 분명했다.

"알딘! 여기 꽤 재밌어 보이는 걸 발견했어!"

"뭔데?"

"이리 와서 봐 봐."

바르톨이 손짓해 그쪽으로 가 보았다.

고대의 언어가 적힌 석판이 바닥에 널브러져 있었다.

"여기도 있었어. 석판."

"호오……."

최근 두 달간 아틀란티스 각지에서 이와 같은 고대의 언어가 적힌 석판이 발견되었다.

아직 고대의 언어를 해석할 수 있는 유저가 없어 내용을 알 수 없지만, 언젠가 중요하게 쓰일 단서라는 추측이 난무했다.

그 덕에 아틀란티스에 뿌리를 내린 길드들이 석판을 차지하기 위해 전쟁을 시작했다.

이름하야 석판 전쟁.

전생에는 존재하지 않던 길드 간의 무력 충돌 사건이었다.

'전생엔 '둠스데이'가 있었으니.'

당시에 대부분의 석판을 '둠스데이'가 차지했다.

"이건 네가 관리해."

"내가? 그래도 되겠냐."

"네 길드라면 충분히 믿고 맡길 수 있어."

"'흑룡'이 가지고 있으면 되잖아."

"인마, 대외적으로 '흑룡'은 사라졌어."

'흑룡'은 세계 조약에 의해 사라졌다. 물론 이 역시 내가 주도한 것이었다.

하지만 그것은 대외적일 뿐, '흑룡'은 원래가 길드 연합이었다.

아직도 내가 수장으로 있으며, 길드창만 없다 뿐이지 실질적으로 운영되고 있었다.

아직까지 쓰임새가 없을 뿐.

"아무튼 '하본'이 맡아. 앙그리드의 패자라면 충분하잖

아. 그리고 수장의 명령이니까 그냥 따라라."
"젠장! 언제는 모두가 평등하다더니."
"어허! 이럴 땐 괜찮아."
"칫!"
'하본' 역시 '흑룡'에 소속된 길드였다.
바르톨이 투덜거리며 석판을 인벤토리에 집어넣었다.
['??? 번째 석판'이 플레이어 '바르톨' 님의 소유가 되었습니다.]
바르톨이 투덜거리는 이유가 바로 이것이었다.
석판은 소유하게 되는 순간 숨길 수 없다.
괜히 석판 전쟁이란 것이 발발한 게 아니었다.
모두가 석판의 주인을 노리니, 전쟁을 피할 수 없었다.
"귀찮게 됐네. 아니, 그냥 네가 가지고 있는 게 제일 편하지 않겠어? 누가 너한테 덤벼들겠냐."
"귀찮은 건 질색이야. 할 게 얼마나 많은데."
바르톨의 말대로 내가 석판을 가진다면 아무리 길드라도 함부로 싸움을 걸지 못한다.
내 무력은 이미 홀리 가디언에서 유명했다.
"그리고 그 자식이라면 노리고 올 수도 있어."
"으음……."
나의 유일한 대적자로 유명한 제로스.
놈이라면 석판을 핑계로 나를 사냥하러 올 수도 있었다.
당연히 사냥당하진 않겠지만 역시나 껄끄러운 상대였다.

"얼마나 귀찮은지 아냐? 강하긴 드럽게 강해서. 젠장······."
요 1년간 제로스는 미친 듯이 나를 쫓아다녔다.
거의 스토커 수준이라 지금 생각하면 소름이 다 끼쳤다.
"몇 승 몇 패지?"
"열 번 싸우면 한 세 번은 진 것 같은데."
"너도 지긴 하는구나."
초반엔 내가 제로스를 압도했다.
스펙 차이가 워낙 컸고, 세 번째 메인 스트림의 모든 걸 내가 먹었기 때문에 제로스라도 견줄 수 없었다.
하지만 어느 순간부터 놈의 스펙이 회귀자인 내 수준으로 오르기 시작했다.
'아마도 그들이 제로스에게 몰빵하기 시작한 거겠지.'
뒤에서 '둠스데이'를 움직이던 비밀 조직.
무지막지한 재력을 제로스에게 때려 박으니 스펙이 안 오르고 배기겠는가.
"하여간 그만 올라가자고. 여기 더 볼 것도 없는데."
특이한 게 있을 것 같아 살펴보려 했는데, 석판 말고는 달리 보이지 않았다.
나와 바르톨은 빠르게 위로 올라갔다.
"둘 다 어디 갔었어?"
"요 아래."
"뭐 있디?"
"아무것도 없어. 여기엔 더 이상 볼일 없으니 그만 가자고."

"알딘 씨도 볼일 다 끝났어요?"
"네. 그만 갑시다. 참, 그리고 이곳에서 있던 일은 저희만의 비밀입니다."
"그래야 하는 이유라도 있어요?"
"이런 게 세간에 공개되면 분명 큰 파장이 일 거예요. 전 더 이상 귀찮은 건 질색입니다."
"알겠다."
"저도 알겠어요."
우리는 그렇게 잔해만 남은 신전을 뒤로했다.

✞ ✞ ✞

다음 날.
나는 오랜만에 평상복을 입고 외출했다.
전생에서부터 그랬지만 현실은 내게 낯선 세상이었다.
하루의 절반 이상을 게임에서 보내니, 당연하다면 당연했다.
모자를 푹 눌러쓰고 지하 주차장으로 들어갔다.
"예쁜이, 잘 있었어?"
홀리 가디언으로 나름 돈을 벌어 강남 한복판에 있는 초호화 펜트하우스에 입주했다.
그리고 모든 사람들의 드림카라 할 수 있는 야생마를 구입했다.

리스가 아니다.

돈지랄을 조금 해 보고 싶어서 그 자리에서 일시불로 결제했다.

내 오더에 맞춰 제작되는 거라 내 품에 온 건 고작 일주일밖에 안 되었다.

"어디 한번 타 볼까?"

운전석 문을 열자 옆이 아닌 위로 쑥 올라갔다.

스포츠카라 상당히 낮아 타는 데 몸을 확 숙여야 했다.

기분 좋은 쿠션감과 땅과 붙어 있는 듯한 느낌은 묘한 쾌감을 주었다.

문을 닫고 시동을 걸었다.

부왕! 부왕! 부왕!

소리 한번 기가 막히다.

나는 즐겨 듣는 힙합을 틀고 유유히 주차장에서 빠져나왔다.

마음 같아선 액셀을 확 밟고 싶지만.

'단점 아닌 단점이라니까.'

서울에선 스포츠카를 온전히 즐길 수 없다.

날도 선선해 시원하게 뚜껑을 열었다.

찬바람이 양옆으로 흘러 들어왔다.

생각보다 춥지 않았다.

그대로 목적지로 향했다.

목적지는 성송 한국 지사.

오늘은 모델 촬영이 있는 날이다.

✟ ✟ ✟

"왔어요?"
 스네이크, 그러니까 레아 비노슈가 환하게 웃으며 나를 맞아 주었다.
 문제가 있다면,
"뭐라는 거야?"
 말이 통하지 않는다는 점?
 홀리 가디언에서야 수준 높은 자동 통역 시스템이 있다지만, 현실은 아니었다.
 레아가 어색하게 웃었다.
"역시 말을 못 알아듣네요."
"그러니까 뭐라는 거냐고."
"이곳으로 오세요."
"자길 따라오라는 건가?"
 말이 통하질 않으니 대화가 성립되지 않는다.
 그러나 몸짓을 보면 대충 무슨 말인지 파악이 되었다.
"통역을 부르긴 했는데, 아직 안 왔네요."
"야, 우리끼리 있을 땐 말도 안 통하는데 그냥 가만히 있자."
"뭐라고 하는 거예요?"

결국 제자리걸음.

우리가 이어지지 않는 대화 아닌 대화를 나누고 있을 때 통역이 도착했다.

"죄, 죄송합니다. 차가 너무 막혀서 늦었어요."

"앞으로 시간은 반드시 엄수하세요."

"죄송합니다."

신애라는 이름의 통역사가 울상을 지으며 레아에게 고개를 숙였다.

물론 말을 알아듣지 못하는 내겐 어떤 상황인지 알 도리가 없었다.

애초에 통역사가 늦었다는 것조차 몰랐으니까.

"왜 그러고 있는 거예요?"

"아, 제가 지각해서요."

"아하, 그럴 수도 있죠."

"방금 알던, 아니지 제훈 씨가 뭐라고 하던가요?"

레아가 신애의 팔을 거칠게 당기며 물었다.

"에에, 예?"

"방금 이 사람이 뭐라고 했어요?"

"아니, 얜 왜 자꾸 불어로 화를 내는 거야? 뭐라는 겁니까?"

"그, 그게……."

"빨리 말하세요. 지금 이 사람이 뭐라고 하는 거죠?"

"또 또 뭐라고 하네. 뭐라고 신경질 내는 건가요?"

"흐이잉! 제가 다 잘못했어욧!"

우리의 압박에 통역사가 주저앉아 울음을 터트렸다.
나와 레아는 서로를 보며 눈만 깜빡였다.

※ ※ ※

"오늘은 신제품 촬영을 할 거예요. 봄용 재킷이랑 하의, 그리고 등산화까지."
"오늘은 신상으로 나온 봄용 등산복 촬영을 한대요."
"등산? 셩숑이 언제부터 등산복을 제작했다고."
"셩숑이 언제부터 등산복을 제작했냐는데요?"
"셩숑의 하위 브랜드예요. 넥스파라고 아시죠?"
"넥스파가 셩숑의 하위 브랜드래요."
"호오! 넥스파가? 거기 패딩이 기가 막히게 따뜻하긴 하지."
"맞아요."
"넥스파 아시는구나."
"날 풀리기 전까진 저도 입고 다녔어요."
"둘이 지금 뭐 해?"
레아가 눈을 날카롭게 뜨고 나와 신애 씨를 노려보았다.
"얘 왜 눈 이렇게 떠요?"
"그……"
"또 둘만 대화를 나눈다, 이거지?"
"아닙니다, 사장님. 헤헤! 한국에서 넥스파가 워낙 유명하잖아요. 제훈 님도 그거 입으신다고……"

"내 이름은 왜?"

"자, 잠시만……"

"방금 저 사람이 뭐라 했어요? 그냥 하나도 빠지지 말고 다 통역하라고요. 알겠어요?"

"죄, 죄송합니다. 그냥 자기 이름이 왜 나오냐고……"

아니, 도대체 뭐라고 떠드는 거야?

내가 다 복잡했다.

"아, 다 됐고, 빨리 촬영이나 하죠. 가뜩이나 바쁜데."

"촬영에 빨리 들어가고 싶으시대요."

"아주 그냥 모델 다 되셨네."

"아주 모델 다 되셨다네요."

"지가 해 달랬으면서."

"지가 해 달……"

"뭐요?"

"죄송해요오……"

신애가 울상을 지었다.

오늘 하루도 고된 통역 일이 될 것 같은 직감을 느꼈다.

✟ ✟ ✟

"다른 포즈 부탁드릴게요!"

찰칵찰칵!

사방에서 플래시가 터졌다.

나는 숙련된 모델처럼 셔터가 눌릴 때마다 아주 다양한 자세를 소화했다.

주머니에 엄지만 넣고 팔을 안쪽으로 편다든지, 서 있는 자세를 요란하게 바꾼다든지.

예전에 보았던 모델 영상을 보고 영감을 받은 포즈들이었다.

'난 사실 모델로서 재능이 있는 게 아닐까?'

당연히 아니었지만 오늘따라 포즈가 잘 잡혀 그런 생각이 들 수밖에 없었다.

촬영은 순식간이었다.

촬영 감독이 웃으며 다가왔다.

"여옥시 제훈 씨! 촬영이 아주 빨리 끝나요!"

"하하! 저는 그저 포즈만 잡은 게 끝인데요, 뭐."

"그러니까. 포즈를 어쩜 그렇게 빠릿빠릿 잡아요? 프로 모델 보는 줄 알았잖아."

"제가 또 한 포즈……."

획획-

다리를 복서처럼 재빠르게 바꾸었다.

"하기는 하죠?"

"하긴 뭘 해요? 대충 포즈 잡는 거 다 알거든요?"

레아가 눈으로 나를 흘기며 나타났다.

감독이 레아에게 고개를 숙였다.

나랑은 찍는 사람과 찍히는 사람의 관계지만 둘은 고용주와 피고용주였기에 감독으로선 깍듯할 수밖에 없었다.

"오셨습니까, 사장님."
"촬영은 아예 끝난 거죠?"
"네. 편집만 하면 됩니다."
"그럼 저흰 그만 가 볼게요. 어서 가요."
레아가 내게 말하곤 몸을 돌려 도도하게 걸어갔다.
나는 그녀의 뒷모습을 보다가 감독에게 물어보았다.
"쟤 뭐라는 거예요?"
통역이 없는 이상 말은 여전히 통하지 않았다.

✠ ✠ ✠

식사 자리엔 통역사 신애 씨도 함께했다.
그러다 보니 식사 자리가 조금 웃기게 되었다.
"야, 나 콜라 하나만 시켜 주면 안 되냐?"
"콜라 좀 주문해 달라시네요."
"여기 와서 무슨 콜라예요? 격 떨어지게."
"그… 여기서는 콜라 마시는 게 아니래요."
"아니, 그런 게 어디 있어? 그리고 콜라가 어때서. 콜라만큼 격 높은 음료가 어디 있다고."
"콜라를 주문해 달라세요."
"으이구, 진짜!"
이곳은 청담동에 위치한 고급 레스토랑.
각자 기름기 좔좔 흐르는 스테이크를 앞에 두고 시끄럽

게 언쟁을 벌이고 있었다.

물론 신애 씨를 통해서.

"콜라! 콜라가 먹고 싶다!"

"콜라가 드시고 싶대요."

"와인 드세요, 와인! 그리고 이렇게 분위기 좋은 곳에서 소리는 왜 쳐요?"

"소리치지 말고 와인 드시래요."

"저는 콜라를 마셔야겠습니다, 신애 씨. 와인은 도저히 제 입맛이 아니거든요. 그게 아니면 맥주라도 가져오든가."

"와인은 못 드시겠대요. 차라리 맥주를 주문해 달라고……."

"고집불통!"

레아가 나를 찌릿 노려보곤 웨이터를 불렀다.

웨이터가 오자 신애 씨에게 맥주 주문을 부탁했다.

덤으로 콜라도 있냐고 물었다.

"있습니다."

개꿀.

곧 맥주와 콜라가 도착하고, 다시 스테이크를 썰었다.

한창 식사를 하고 있을 때, 3명의 남녀가 우리 쪽으로 다가왔다.

남자 하나, 여자 둘로 이루어진 파티였는데, 그들은 나를 보며 눈을 반짝이고 있었다.

"호, 혹시 알딘 님 되시나요?"

머리카락 끝을 안쪽으로 웨이브 넣은 단발의 미인이 물

었다.

나는 조각낸 스테이크를 입에 넣으려다가 포크를 내려놨다.

옆에서 레아가 '또 시작됐군.'이라고 중얼거렸지만 통역을 듣기 전까진 무슨 말인지 몰랐다.

"맞아요."

"어머! 어떡해, 어떡해!"

"진짜 알딘 님이래! 와아!"

여자 둘이 손을 맞잡고 팔짝팔짝 뛰었다.

'둠스데이'와의 결전 이후 현실에서 나를 알아보는 사람이 급증했다.

더러는 예전에 내가 살던 집까지 찾아올 정도였다.

연예인에 준하는 인기.

어쩌면 그보다 더할 수도.

덕분에 피곤하긴 했지만 여러 광고를 찍으며 이미지 메이킹이 되어 있는 상태라 팬들에게 함부로 굴 수 없었다.

"하하……."

내가 멋쩍게 웃자 레아가 콧방귀를 뀌며 고개를 돌렸다.

신애 씨만 안절부절못한 채 나와 레아를 번갈아 보았다.

"사인 좀 해 주실 수 있나요?"

"사진도!"

"이, 일단 나가서 하시죠. 다른 분들에게 민폐니까."

내가 그들을 이끌고 밖으로 나가려는데, 갑자기 곳곳에

서 내 닉네임을 호명하는 이들이 나타났다.
"알딘이래!"
"진짜다! 진짜 알딘이야!"
"사인받아야 해!"
 레스토랑에 손님으로 온 사람 대부분이 내게 몰려오기 시작했다.
 나는 밀려드는 인파에 크게 당황했다.
"알딘 님!"
"사인 좀요!"
"나도 사인 좀! 그리고 인증샷 좀!"
"자, 잠깐만!"
 마치 밀려드는 파도 같다.
 그나마도 이곳이 값 좀 나가는 고급 레스토랑이라 망정이지, 패밀리 레스토랑이었으면 진즉 찌부러졌을 것이다.
 나는 그들을 어떻게든 진정시키고 한 명씩 사인해 주었다.
 마지막 사람과 인증샷을 찍고 모든 사태가 종료되었을 땐 이미 30분 정도가 흐른 후였다.
 레아는 자기 자리에서 차가운 얼굴로 와인 잔을 빙빙 돌리고 있었다.
"흠흠!"
 나는 옷매무시를 단정히 하고 자리에 앉았다.
 스테이크는 이미 다 식어 굳어 있었다.
"고생하셨어요."

신애 씨가 냅킨을 건네주었다.

이마를 적신 땀을 냅킨으로 닦아 냈다.

그리고 레아를 쏘아보며 말했다.

"뭐가 불만이야?"

"신애 씨, 이 사람이 뭐라고 하는 거죠?"

"…뭐가 불만이냐고 하세요."

"불만 같은 건 없다고 전해 줘요. 그리고 그만 일어나죠!"

레아가 의자를 박차고 일어났다.

또다.

이런 일이 있을 때마다 레아는 항상 저런 얼굴을 하곤 자리를 떠났다.

가끔 우리가 사귀는 건가 싶은 착각까지 들었다.

'쟤 마음을 모르는 건 아니지만.'

참 미안하게도 레아는 지금도 나를 좋아하고 있었다.

사람이 참 일관적이다.

벌써 1년도 더 지났다.

그만 날 잊고 새로운 인연을 찾는 게 더 빠를 텐데.

'머리가 아프구나.'

"저, 저기……."

관자놀이를 문지르고 있을 때, 신애 씨가 떨리는 목소리로 나를 불렀다.

그녀를 보자 아차 싶었다.

신애 씨가 말했다.

"히잉……. 저는 어떻게 해요?"

나는 어색하게 웃으며 뒷머리를 긁적였다.

✛ ✛ ✛

홀리 가디언에 접속하자 경매장에 내놓았던 물건들이 모두 팔렸다.

"3만 골드라……. 짭짤하네."

보통 유저들은 접근조차 어려운 사냥터를 독식하다 보니 그곳의 아이템들을 경매장에 비싸게 내놓을 수 있었다.

나는 싱글벙글 웃으며 3만 골드 중 2만 골드를 은행에 입금했다.

나머지는 사냥에 필요한 각종 포션을 사는 데 모두 사용된다.

"포션값이 진짜 에바라니까."

연금술사 새끼들.

돈맛을 알아서 자기들끼리 조합을 만들어 가격을 절대 내리지 못하게 한다고 들었다.

조합에 속하지 않은 연금술사가 싼값에 포션을 내놓으면 보복까지 한다고 하니, 그쪽도 참 살벌하다.

"슬슬 다시 신대륙으로 가 볼까?"

내가 최초로 발견했지만 아직까지 감당할 수가 없어 포기했던 대륙.

'이그드라실'.

거대한 세계수가 대륙 중앙에 뿌리를 내려 거대한 생명력을 공유하는 세상.

메인 스트림과는 관련이 없는 곳으로 '이그드라실'만의 고유 에피소드가 존재했다.

문제는 그 난이도가 심각할 정도로 어렵다는 것.

전생에 '둠스데이'조차도 도전을 포기했을 수준이니, 말해 봐야 입만 아팠다.

"천천히 공략해 보자고."

슬슬 '이그드라실'로 떠나기 위해 준비를 하려는데, 거슬리는 알림이 눈앞에 떠올랐다.

[의문의 플레이어가 당신의 랭킹에 도전합니다!]

"어쭈?"

결투장 알림이었다.

벌써 내가 있는 티어에, 그것도 나의 랭킹을 넘보는 유저가 나타났다는 사실이 놀라웠다.

"결투장에 시간을 많이 투자하지는 않는다지만."

현재 랭킹 1위는 제로스였다.

나와 달리 녀석은 결투장에 맛 들였는지 엄청난 시간을 쏟아붓고 있었다.

반면 나는 결투장을 그리 중요하게 생각하지 않아 10위권만 유지하고 있었다.

하지만 도전자의 도전을 받지 않으면 저절로 랭킹이 떨

어지고, 내 랭킹은 10위권 바깥으로 떨어질 것이다.
 그것만큼은 용납할 수 없었다.
 "어떤 놈인지 확인 좀 해 볼까?"
 도전자의 상태창을 열었다.
 커다란 사진과 함께 짤막한 정보가 떠올랐다.

 [포트리스]
 레벨:417
 종족:인간
 직업:엘리멘탈 소더(Elemental Sworder)
 티어:달인
 랭킹:11위

 "포트리스가 벌써 나타났다고?"
 포트리스는 결투장에서 굉장히 유명한 네임드 유저였다.
 "맞네. 벌써 그럴 시기가 되긴 했어."
 결투장에 꽤 늦게 참전한 포트리스는 엄청난 기세로 티어와 랭킹을 올렸다.
 티어는 나와 같은 달인.
 랭킹은 바로 한 단계 밑인 11위.
 굳이 나를 꺾지 않아도 다른 방법으로 랭킹을 올릴 수 있을 텐데, 그러지 않았다는 건 분명히,
 "나한테 기깔나게 처맞고 싶다는 거구나?"

포트리스와는 전생에 적잖은 인연이 있었다.

딱히 좋은 인연은 아니었고, 결투장에서 나에게 여러 번 패배했다.

목적이야 뻔하다.

현재 가장 잘나가는 나를 땀으로써 이슈화시키고 싶은 거겠지.

지더라도 막상막하의 모습을 보여 주면 그건 그것대로 이름을 알릴 수 있을 테고.

"네놈 생각이야 뻔히 보인다, 인마!"

한두 번 겪어 보는 줄 아나.

물론 이번 생에선 처음이지만.

놈의 도전을 받아들였다.

허공에 고급스러운 동양식 문이 떠올랐다.

문이 벌컥- 열렸다.

그 안으로 들어가자 상당히 넓은 경기장이 나타났다.

그곳에 포트리스가 서 있었다.

"도전을 받아 줄 줄 알았다!"

포트리스는 의기양양한 태도로 팔짱을 끼고 있었다.

나는 인상을 찡그리며 말했다.

"어디서 초면에 반말이야? 싸가지 없이."

커뮤니티가 들썩였다.

알딘이 결투장 경기를 시작한 것이 그 이유였다.

엄청난 인파가 결투장 독점 Live권을 가진 인터넷 방송 플랫폼에 모여들었다.

수십만 명을 넘어가는 인원이라 서버가 터져도 이상하지 않았다.

그러나 플랫폼은 터지지 않았다.

이런 일이 한두 번이 아니었기 때문이다.

미리 서버를 확장해 놔 수십만이 아니라 수백만이 와도 끄떡없었다.

아직 전투가 시작되지도 않았는데 사람들은 채팅창에 난리법석을 떨었다.

〈홍블라인:거의 한 달 만 아니야?〉
〈복근별:독서실이었는데, 요건 봐야지 o==(^0^)o〉
〈마실술:언제 시작함?〉
〈갈두:아 나, 시간 없는데 ㅡㅡ〉

많은 이들이 침묵 속에 기다렸다.

그리고 경기장의 중심부부터 서서히 밝아지기 시작했다.

그 위에 두 사람이 마주 보고 서 있었다.

알딘과 요즘 떠오르는 샛별이라 불리는 포트리스였다.

정식 경기가 아니라서 해설 같은 건 없었다.

두 유저가 침묵 속에서 무기를 뽑았다.

〈장난감이장난:떨린다, 떨려!〉
〈난죽택:알딘이 이긴다에 손모가지에 전 재산 다 검 ㅅㄱ 쫄뒤~ 쫄리면 뒤지시든가의 줄임말임 ㅅㄱ〉
〈자기싫어요:볍신;;〉

시답잖은 채팅이 이어지는 줄도 모르고 두 유저는 서로에게 다가갔다.
뽑아 든 무기를 서로에게 겨누었다.
그리고 끝을 살짝 맞대었고,
[파이어+윈드]
[겁화참(劫火斬)]
선공을 시도한 건 포트리스였다.

불꽃이 바람에 엮여 몸집을 불리기 시작했다.
발을 밑으로 튕겨 뒤로 휙 물러났다.
"어딜 도망쳐!"
포트리스가 내 쪽으로 땅을 박찼다.
금방이라도 모든 걸 태울 것 같은 불길이 하늘로 치솟아 땅 밑으로 떨어졌다.

그것은 검과 같은 형태였으며, 화염 안쪽으로 일렁이는 그림자는 폭풍을 담고 있었다.
"귀찮은 직업이란 말이야."
모든 속성을 자유자재로 다루는 검사.
수많은 속성을 뒤섞어 기술을 만들어 내는 힘은 여간 까다로운 게 아니었다.

콰아앙!

겁화참이 코앞으로 떨어졌다.
나는 왼쪽으로 몸을 틀어 그대로 튕겨 나왔다.
"안 놓친다!"
[바람+땅]
[어스 브레이커]
불길이 휙 사라지고, 그 안에 남은 폭풍이 땅과 결합하자 땅이 갈라지며 두꺼운 가시처럼 내 밑에서 솟구쳤다.
점멸로 아슬아슬하게 피하고 반대편에서 여유롭게 달렸다.
그리고 다시 점멸.
"칫!"
콰드득!
포트리스의 목을 노리고 검을 찔렀는데, 요령 좋게 막아냈다.

나는 씩 웃으며 다시 점멸로 사라졌다.

포트리스가 얼굴을 와락 구겼다.

[바람+바람]

[어썰트 썬더]

두 종류의 바람이 강한 마찰을 일으켜 번개를 일으켰다.

어썰트 썬더가 정확히 내가 나타난 방향으로 움직였다.

"실수하네?"

번개화를 사용했다.

어썰트 썬더는 허무하게 나를 그대로 통과했다.

포트리스의 눈이 휘둥그레졌다.

[번개의 길]

번쩍하는 순간 푸른 번개 줄기가 포트리스의 앞까지 이어졌다.

[흑점:소드 블랙홀]

가볍게 톡- 녀석의 가슴팍에 검극을 대었다.

"무슨 짓을!"

"엄마 젖이나 더 먹고 와라."

"이 새끼가 건방……. 으어억!"

금방이라도 나를 공격할 것처럼 굴던 포트리스가 비명을 질렀다.

나는 검을 휘두르지도 않고 뒤로 총총 물러났다.

"이, 이게 뭐야?"

"나에 대해 조사도 제대로 안 하고 도전한 거야?"

"크아아악!"

소드 블랙홀의 강한 인력이 포트리스를 있는 힘껏 빨아들였다.

걸치고 있는 갑옷에 균열이 일어났다.

"이건 뭐, 검도 제대로 안 부딪쳐 봤는데 끝났네."

"아직, 아직이다!"

"응, 아냐."

[어둠 파먹기]

혓바닥처럼 어둠이 일어나 포트리스를 훑고 지나갔다.

나는 검을 한 번 털고 검집에 집어넣었다.

볼 것도 없이 몸을 돌렸다.

포트리스의 몸이 앞으로 허물어졌다.

[WIN!]

[알딘!]

이겼다는 표시가 경기장을 크게 한 바퀴 돌았다.

랭킹 방어는 아주 쉽게 끝이 났다.

커뮤니티는 침묵에 휩싸였다.

그도 그럴 게 포트리스는 요즘 가장 핫한 결투장 플레이어였다.

결투만 하면 전승.

전투 시간도 5분을 넘기지 않았다.

폭발적인 힘에서 비롯된 통쾌함은 모든 이들의 속을 뻥 뚫어 주었다.

그런 그가 철저하게 농락당했다.

당사자인 포트리스는 못 느꼈지만 전체 시점으로 보던 관중은 알딘이 그를 농락하고 있다는 걸 알고 있었다.

〈난죽택:워~ 실화냐?〉

〈갈두:오지네;;; 포트리스 공격을 되게 여유롭게 피하잖아?〉

〈아모롱파뤼:네 눈엔 저게 여유로운 거로 보이냐? 빙신 ㅋㅋㅋ〉

〈복근별:여유로워 보이는데? 눈이 옹이구멍?〉

〈킹실술:저거 방 분위기 갑분싸로 만들어 버리네;〉

개중엔 어떻게든 알딘을 깎아내리려는 이도 있었다.

다른 네티즌들에 의해 금방 묻혀 버리긴 했지만.

중요한 건 그 포트리스조차 화려한 모습과 달리 알딘의 옷깃조차 스치지 못했다는 것이다.

상위 랭커들도 결투 라이브를 지켜보고 있었다.

"폼 안 죽었네."

"죽는 게 이상하죠. 매일 몬스터들을 때려잡고 있는데."

"그래도 사람이랑 몬스터랑 비교는 조금……."

"홀리 가디언 AI가 구린 것도 아니고. 어지간한 사람보다 훨씬 전투 감각 좋은 게 이곳 몬스터들인데."

지금 대화를 나누는 남녀는 메롱과 하이디.

각각 22위, 36위의 상위 랭커였다.

그 외에 알딘과 친분이 있는 랭커도 영상을 보고 있었다.

"괴물 같은 녀석."

바로 꽃미남 검사라는 이명을 가진 사카드였다.

아득바득 10위권을 유지하고 있는 그는 알딘의 말도 안 되는 몸놀림에 혀를 내둘렀다.

크라켄 레이드를 함께할 때만 해도 비슷한 실력이라고 생각했다.

그때도 알딘이 우세하긴 했지만, 이제는 감히 넘볼 수 없는 괴물이 되었다.

"그거 언제까지 볼 생각이야?"

"다 끝났어."

"알딘이 뭐라고 결투장에서 노는 것까지 찾아보냐?"

"시끄러. 알딘한테 쪽도 못 써 보고 발린 주제에."

"인마! 그날은 내가 컨디션이!"

사카드와 투닥거리는 남자는 랭킹 7위의 볼보스였다.

사카드와 같은 길드로 탱커 중에선 단연 최강이라는 평가를 받고 있었다.

"역시 제로스 그 미친놈 말고는 이놈하고 비빌 만한 유저는 없나 보다."

"아니, 그땐 컨디션이 나빴다니까? 다시 붙으면……!"

"또 개발리겠지. 헛소리 그만하고 출발이나 하자. 애들 기다리겠다."

"젠장!"

볼보스는 차마 대꾸할 수가 없어 구시렁거리며 사카드의 뒤를 따랐다.

그리고 마지막 한 사람.

유심히 알딘의 전투를 지켜보고 있는 이가 있었으니,

"녹슬었군."

제로스였다.

알딘에게 1위 자리를 빼앗긴 후부터 열심히 추격하고 있지만 어느새부터 만년 2위라는 낙인이 찍혀 버렸다.

그러나 제로스는 신경 쓰지 않았다.

이젠 랭킹에서 자유로워진 그였다.

대신 각종 스폰서를 몸에 붙이고 다니는 처지가 됐지만, 그 정도라면 전보다 훨씬 싸게 먹히는 거였다.

"슬슬 한 번 더 잡아 볼까?"

제로스가 거대한 대검을 움켜쥐었다.

불길은 언제라도 들끓을 준비가 되어 있었다.

[승리 포인트 획득!]

[승리 포인트:1,749P]

승리 포인트는 결투장 아이템을 살 수 있는 돈이었다.

물론 나한텐 별로 필요가 없었다.

결투장에서 파는 제일 좋은 아이템보다 내 장비가 훨씬 좋았다.

결투장 전용 포션은 나쁘진 않지만 정식 결투에선 취급할 수 없었다.

"오랜만에 하니까 나름 몸이 좀 풀리네."

뭘 해 보기도 전에 끝나긴 했지만 포트리스의 스킬 스케일이 큰 편이라 몸을 많이 움직였다.

"내보내 줘."

[결투장에서 벗어납니다.]

희뿌연 빛이 몸을 감싸자 원래 있던 장소로 이동됐다.

"바로 출발하자고."

신대륙 이그드라실.

그곳으로 가는 방법은 딱 하나다.

아틀란티스 최북단 국가 오로라.

극한의 추위와 끊임없이 휘몰아치는 블리자드는 유저들의 발을 묶을 정도로 강력했다.

나 역시 따뜻하게 입지 않는다면 상태 이상 '동상'에 노출될 정도이니, 말해 봐야 입만 아프다.

나는 성숑의 수석 디자이너가 선물해 준 몰렝 털로 만든 파카를 입고 있었다.

몰렝은 조류형 몬스터로 털이 솜과 같았는데, 물에도 젖지 않고 바람도 통하지 않아 옷 재료로 아주 탁월했다.

그래도 추운 건 추운 거다.

"이렇게 입어도 겁나게 춥네."

귀여운 털장갑까지 꼈는데도 그 안으로 한기가 스며든다.

괜히 몸을 부르르 떨며 오로라에서 가장 큰 항구도시에 입성했다.

오로라는 바다를 끼고 있는 나라라 조업이 상당히 발달했다.

또 날씨가 추운 탓에 생선들의 덩치가 상당히 컸다.

당장 내가 지나가고 있는 어시장에만 해도 사람보다 큰 생선들이 즐비했다.

공기가 차가워 냄새가 사방으로 번지지 않아서 다행이다.

아니었다면 생선 비린내가 코를 괴롭혔을 것이다.

어시장을 지나 도시 외곽에 있는 워프존으로 향했다.

가는 길에 유저는 거의 보지 못했다.

추운 기후 탓에 유저들에게 인기가 없기 때문이다.

덕분에 조용한 여유를 즐길 수 있었다.

'요즘은 어딜 가나 다 알아보니 엄청 귀찮단 말이야.'

전생에서도 이 정도는 아니었는데.

하긴 비교하는 게 무색할 정도로 차이가 극명했다.

워프를 타고 오로라 위쪽에 있는 말보로라는 섬에 도착했다.

말보로는 원시가 살아 있는 곳으로 몬스터들이 모두 괴상망측했는데, 이곳도 추운 기후 탓에 모두가 흰 털을 가지고 있었다.

"꺼져!"

나는 앞길을 막는 몬스터들을 가볍게 썰어 버렸다.

무시할 수 없는 레벨이지만 나에게 비비기엔 백 년은 이르다.

순식간에 섬의 중앙까지 도달했다.

작은 첨탑이 있었다.

안으로 들어가자 기온이 살짝 올라 따뜻했다.

타원형 계단을 올라 꼭대기 층에 도착할 수 있었다.

꼭대기 층에는 얇은 지지대와 그 위로 구슬 하나가 놓여 있었다.

"후……. 금방 왔네."

전에는 몬스터들의 수준이 높아서 이곳까지 오는 것도 꽤 버거웠다.

구슬 위로 손을 올렸다.

마력을 불어넣자 환한 빛이 폭발하듯 뿜어져 나왔다.

[신화가 살아 숨 쉬는 대륙 '이그드라실'로 이동하시겠습니까?]

거침없이 'Yes'를 눌렀다.
몸이 구슬 안으로 빨려 들어갔다.
동시에 눈앞으로 높은 벽이 돌진해 왔다.
자세히 보니 벽이 아니었다.
그것은 아주 커다란 몬스터의 발톱이었다!
"시작부터 아주 재밌구만!"
이그드라실에서의 모험이 시작되었다.

☩ ☩ ☩

누군가 고대의 신전이 있었던 곳에 나타났다.
지금은 거대한 크레이터만 남아 있을 뿐 신전의 흔적은 거의 보이지 않았다.
"…여기가 아니야?"
남자가 미간을 좁혔다.
퀘스트창의 좌표는 분명 이곳을 가리키고 있었다.
한데 아무것도 없다.
혹시 몰라 크레이터 밑으로 내려가 보았다.
"이곳이 맞는 것 같은데."
아래로 내려오니 이곳저곳에 신전의 흔적으로 보이는 것들이 많았다.
커다란 파편을 살펴보았다.
"부서진 지 얼마 안 됐어."

좀 더 주변을 자세히 살폈다.

여기저기 불규칙적으로 파괴되어 있다. 긁어 낸 흔적도 있고, 매우 날카로운 것이 땅을 훑고 간 흔적도 있다.

최근에 이곳에서 격렬한 전투가 있었던 모양이었다.

하지만 남자에게 그런 건 중요하지 않았다.

남자가 얼굴을 와락 구기며 소리쳤다.

"젠장! 누가 먼저 털어 간 거야?"

남자의 이름은 로빈손.

고대의 신전 밑에 묻혀 있는 '천계로 향하는 배'를 얻기 위해 이곳에 왔다.

그런데 배는 누군가 먼저 가져갔다.

대체 어떻게?

"분명 중복되는 퀘스트는 없을 거라고……."

그러고 보면 퀘스트를 준 노인이 신전까지 가는 길에 엄청난 눈보라를 마주할 거라고 했었다.

눈보라는커녕 하늘은 시종일관 맑았다.

"찾아야 해. 반드시… 반드시!"

누가 가져갔는지는 몰라도 크게 후회할 것이다.

로빈손이 누군가에게 급하게 연락했다.

"'천계로 향하는 배'를 누군가 먼저 가져갔다. 애들 소집해."

뭐가 어떻게 됐든 반드시 추적해서 단죄하리라.

✣ ✣ ✣

이그드라실은 모든 게 다 컸다.
 평범한 잡초도 성인 남자보다 컸고, 들고양이는 코끼리 저리 가라였다.
 최약체 몬스터로 취급되는 슬라임은 이곳에서 끔찍한 재앙이었다.
 나조차 숨죽여 숨을 정도로.
 뀨뀨~
 슬라임이 동그란 눈을 반짝이며 물컹한 몸을 탱탱볼처럼 튕긴다.
 노란색 몸체가 출렁이는 것이 매우 말랑할 것 같았다.
 전체적으로 귀엽게 생긴 슬라임은 대중적으로 인기 있는 캐릭터였다.
 이그드라실에 서식하는 슬라임도 그 틀을 벗어나지 않았다.
 문제가 있다면,

[초거대 슬라임][720레벨]

"무슨 빌딩이 뛰어다니는 것 같네."
 무식하게 크다는 것.
 대충 봐도 20층짜리 빌딩 높이는 되어 보였다.

아래에선 슬라임의 눈조차 보이지 않았다.

한 번 뛸 때면 땅이 크게 흔들려 지진이 났다.

내가 이그드라실을 한 번 포기했던 이유.

그것은 레벨의 차이도 있었지만 무지막지한 덩치에 대항할 방법이 없었기 때문이다.

지금은 다르다.

"어디 얼마나 강력한지 한번 확인이나 해 보자고."

인벤토리에서 작게 축소시킨 천계로 향하는 배, 갓킬러를 꺼냈다.

전신이 황금빛으로 물들었다.

['GODKILLER'가 작동을 시작합니다.]

"확장."

배가 위로 떠올랐다.

몸에서 대량의 힘이 빠져나갔다.

배를 손에 넣으며 체내에 흡수되었던 힘이었다.

열쇠 같은 것으로 배를 조종하는 데만 쓰였다.

힘을 받아들인 갓킬러의 몸집이 빠른 속도로 부풀어 올랐다.

뀨우?

슬라임이 뒤를 돌아봤다.

작은 배가 점점 커지고 있다.

슬라임은 고개를 기울이지 못해 몸을 기울였다.

"호호호!"

눈앞에 갓킬러를 컨트롤할 수 있는 인터페이스가 떠올

렸다.

나는 기분 나쁜 웃음을 흘리며 정중앙에 놓인 홀로그램 버튼을 눌렀다.

[레드 드래곤 브레스 Ver 2.3]

가장 강력한 화력을 지녔다는 레드 드래곤의 숨결을 본떠 만든 병기.

갓킬러의 앞 갑판이 활짝 열렸다.

"죽어라, 이 물컹이 자식아."

콰아아아아아앙!

새빨간 광선이 초거대 슬라임을 그대로 관통했다.

거기서 멈추지 않고 일직선으로 뻗어 저 멀리 있는 산맥에 충돌했다.

엄청난 폭발이 일어났다.

잠시 후,

콰아아아아앙!

엄청난 폭발음이 들려왔다.

브레스가 닿은 산맥의 일부가 그대로 허물어졌다.

그걸 보며 생각했다.

"미친."

답이 없는 파괴력이었다.

"이거라면 공략이 가능하다."

갓킬러의 무식한 파괴력을 두 눈으로 목도했다.

심지어 인터페이스에 존재하던 수많은 병기 중 하나에 불과했다.

폭격 수준으로 모든 병기를 작동시킨다면 도시 하나쯤은…….

'도시가 뭐야. 소국 하나는 그대로 멸망시키겠는데?'

고대의 왕이 했던 말이 또 생각났다.

'천계에 오르기는 개뿔. 이 정도면 천계랑 진짜 맞짱 한번 제대로 뜰 생각이었구만.'

갓킬러를 전력으로 운용한다면 팔왕조차 버티지 못하리라.

장담할 수 있었다.

이런 부조리한 궁극 병기라니.

"흐히히!"

너무 기뻐 웃음밖에 안 나온다.

물론 갓킬러가 만능은 아니었다.

연료로 작용되는 황금빛 에너지는 생각보다 빠르게 고갈되었다.

놔두면 재충전이 되긴 하지만 딜레이가 생기는 건 충분히 단점이었다.

'갓킬러에만 의존하는 건 무리겠군.'

양아치 같은 마인드이긴 하지만 갓킬러를 계속해서 운용할 수 있다면 직접 싸우지 않아도 되었다.

얼마나 편한가.

배에 누워 인터페이스만 손가락으로 꾹꾹 누르면 알아서 사냥해 줄 텐데.

"답 없이 큰 놈들 상대할 때만 쓰는 방향으로 하자."

그렇게 생각하며 갓킬러를 인벤토리에 집어넣었다.

자리를 정리하고 다시 이동하려는데,

[재밌는 걸 가지고 있구나.]

하늘에서 웅장한 목소리가 들려왔다.

맑은 하늘 위에 거대한 얼굴이 떠 있었다.

얼굴의 주인은 기분 나쁘게 웃고 있었다.

나는 저 얼굴의 주인을 알고 있었다.

[그걸 나에게 다오.]

이그드라실을 다스리는 신 중 하나.

"로키."

장난꾸러기 자식이었다.

Chapter 3

　대륙 아스가르드는 그 이름에서처럼 북유럽 신화를 기반으로 한 세계였다.

　그리고 이 세계에서 신은 생각보다 흔했다.

　그중 로키는 아스가르드에 처음 온 유저들이 가장 많이 만나는 신이었다.

　[그걸 내놓거라, 필멸자여.]

　"생각할수록 아주 웃기는 새끼란 말이야."

　나 또한 아스가르드에서 생활하던 시기가 있었다.

　그때도 로키와 참 많이 엮였다.

　신 주제에 인간과 가까이 지내며 시도 때도 없이 장난을 거는 개자식.

　놈에게 당한 것만 한두 개가 아니었다.

마음 같아서는 패 버리고 싶었지만 명색이 신.

그것도 서열이 꽤 높은 녀석이었다.

'마마야루 대륙의 괴물 같은 신들에 비하면 별것도 아니지만.'

아스가르드의 신들을 폄하하는 게 아니다.

로키만 그러했다.

로키는 높은 신격이지만 희한하게 강하지 못했다.

전투에 특화된 신이 아닌 탓도 있겠지만 그걸 감안해도 신이라고 치기엔 많이 약했다.

아닌 말로 지금 내가 놈과 싸워도 승리는 몰라도 지지 않을 자신은 있었다.

문제는 그랬다간 '천둥의 신'의 분노를 사게 된다.

'그것만은 절대 사양이지.'

유저가 접할 수 있는 신 중 단연 최강이라 할 수 있는 괴물.

토르(Thor)!

언젠가는 그가 지닌 '장비'를 얻기 위해 접촉해야겠지만 그것이 지금은 아니었다.

그때 로키가 나를 재차 불렀다.

[필멸자?]

"싫은데요?"

[뭐라?]

"싫다고요. 내가 이걸 왜 줍니까?"

[허허!]

배를 줄 수 없다는 말에 로키가 기가 찬 얼굴을 했다.

역시 어이없는 새끼였다.

내가 내 걸 주기 싫다는데, 지가 왜 저런 표정을 짓는단 말인가?

[안 되겠구나.]

하늘에 떠 있는 로키의 얼굴이 점점 작아지기 시작했다.

이윽고 사람 얼굴 정도로 작아지더니 내 앞으로 슥 날아왔다.

가면 같기도 하고, 인면 가죽 같기도 했다.

무엇이 되었든 징그러웠다.

얼굴 가죽이 죽죽 늘어다디니 사람의 형태를 갖추기 시작했다.

무슨 외계인도 아니고, 등장이 왜 이렇게 역겹단 말인가?

나는 눈살을 찌푸렸다.

"건방진 필멸자여, 싫다고 했느냐?"

완전히 모습을 갖춘 로키는 광대 복장을 하고 있었다.

머리엔 뿔처럼 나뉜 모자를 쓰고 있었는데, 그 끝에 방울이 달려 있었다.

로키가 걸음을 옮기자 방울이 딸랑딸랑 소리를 내었다.

"네. 싫다고 했는데요?"

"허허! 내가 누구인지 아느냐!"

로키가 고함치자 기파가 터져 나왔다.

전혀 위협적이지 않았다.

평범한 산들바람 같은 느낌이라고 해야 하나?

내 표정에 변화가 없자 로키가 민망한 얼굴을 했다.

"제, 제법이구나. 나의 강력한 기함을 버텨 내다니."

"별로 안 강력했는데."

"건방진 놈! 감히 신게서 말하는데 사사건건 대꾸를!"

"신이십니까?"

"흐흐! 드디어 네놈의 실수를 깨달았느냐?"

"별로 실수일 것까지야."

"이 오만방자한……!"

구원의 신격을 개방했다.

녹색 신력이 사방으로 퍼지자 로키의 눈이 휘둥그레졌다.

로키는 유저들을 등쳐 먹으려고 안달이 난 놈이지만 신답지 않게 사람 냄새가 많이 나서 많은 이들이 좋아하는 캐릭터였다.

지금도 보라.

"오만방자까진 아닌 것 같은데."

내 몸에서 줄기차게 뿜어져 나오는 신력은 로키를 압도하고 있었다.

"시, 시, 시, 신이었나?"

"완전한 신은 아니고요."

"그, 그런데 그렇게까지 신력이 강하다고?"

1년간 내 신격은 기하급수적으로 증폭했다.

가장 큰 원인으로 꼽자면 역시 네 번째 메인 스트림이었다.

신화의 잔재와의 혈전에서 많은 이들의 목숨을 구했다.

그것이 구원과 직결되어 힘이 대폭 상승했다.

그 외에도 여러 대형 이벤트에서 활약하니 신격은 나날이 강해졌다.

"열심히 노력하다 보니까 이렇게 됐습니다."

로키 입장에선 어처구니가 없는 말이었다.

신격이란 건 노력한다고 오르는 게 아니었다.

아까까지만 해도 나를 핍박하던 로키가 갑자기 내 눈치를 살피기 시작했다.

"그렇… 그렇구나. 하하하! 이야! 타 대륙에서 건너온 반신 아이야, 만나서 반갑단다."

"갑자기?"

"갑자기라니? 나는 처음부터 너와 친해지고 싶었단다."

토르가 지금 로키의 꼴을 본다면 '퓰니르'로 뒤통수를 세게 쳤을 것이다.

하지만 이게 바로 로키다.

자기보다 강한 상대 앞에선 비굴한 척 굴어도, 속으론 갓 킬러를 어떻게 하면 받아 낼 수 있을까에 대해 생각하고 있을 것이다.

내가 싱긋 웃으며 고개를 저었다.

"괜찮습니다. 저는 볼일이 있어서 그만 가 보겠습니다."

지금 시기에 로키와 엮이는 건 별로 좋지 않다.

당장 아스가르드부터가 지금의 내게 벅찬 세상이었다.

로키까지 옆에 꼬인다면 하고자 하는 일이 복잡하게 꼬일 게 분명했다.

"잠깐, 잠깐, 잠깐, 잠깐, 잠깐만!"

로키가 다급하게 나를 불러 세웠다.

"이것 참, 서운하게. 내 소개는 듣고 가야 하지 않겠나?"

"안 궁금한데요."

"쯧쯧! 실례니라. 이 몸은 아스가르드 대륙의 위대한 신! 누구에게나 존경받는 신! 아스가르드의 절대자! 로⋯⋯!"

"거짓말하지 마십쇼."

"으응?"

"당신이 어떻게 절대잡니까?"

평범한 유저 앞도 아니고.

반신이라는 걸 뻔히 드러냈는데도 입술에 침도 안 바르고 거짓말을 하려 한다.

기가 차 말도 안 나왔다.

"아저씨, 갈 길 가세요."

"아저씨이?"

"예, 아저씨. 전 이만 가 봅니다."

번개화를 사용하고, 번개의 길을 길게 깔았다.

"버, 번개!"

"그럼 수고."
몸이 번개의 길에 빨려 들어갔다.
쿠릉!
짧은 천둥소리와 함께 번개의 길이 감쪽같이 사라졌다.
혼자 남은 로키가 중얼거렸다.
"재밌는 아이다!"
로키의 눈이 반짝였다.
재밌는 장난감을 발견했을 때의 눈이었다.
로키의 신형이 뽕! 하고 사라졌다.

 살아 있는 모든 것에 강인한 생명력을 공급해 주는 위대한 나무.

 이그드라실.

 그곳엔 아스가르드를 다스리는 많은 신이 살아가고 있었다.
그중에도 아스가르드를 대표하는 3명의 신이 존재했는데.
로키가 바로 그중 하나였다.
문제는 안 좋은 쪽으로 대표한다는 것이었다.

로키는 그런 점을 별로 신경 쓰지 않았다.

요즘 말로 욜로족이라고 하던가?

로키가 딱 그 짝이었다.

자기가 살고 싶은 대로 산다가 신생(神生)의 모토.

물론 대부분의 신이 로키를 마음에 들어 하지 않았다.

그중 가장 안 좋게 보는 이가 바로 로키의 형.

천둥의 신 토르였다!

"로키!"

쩌렁쩌렁한 목소리가 신들의 궁전을 크게 울렸다.

삼신 중 하나이자 천둥의 신으로 유명한 토르가 못난 동생의 이름을 부르짖었다.

그의 오른손엔 작은 망치가 들려 있었는데, 그것이 바로 홀리 가디언 최강의 무기 중 하나인 '묠니르'였다.

"나오지 않는다면 가만두지 않겠다."

아무도 없는 허공에 토르가 나지막이 경고했다.

묠니르에서 스파크가 튀어 올랐다.

"셋을 세겠다. 하나."

투박한 묠니르의 머리 부분이 새파랗게 물들었다.

"둘."

그다음은 손잡이가 파랗게 물들었다.

"셋!"

토르가 묠니르를 휘둘렀다.

굵직한 번개 줄기가 바닥을 헤집으며 허공을 격했다.
"끄아아악!"
허공에서 비명이 튀어나왔다.
로키가 투명화를 풀고 나 살려라 도망쳤다.
토르가 이를 악물고 묠니르로 로키를 겨냥했다.
번개 줄기가 일점에 모여 쏟아졌다.
"끼요오오옷!"
엑스레이를 찍은 것처럼 로키의 신체 내부가 고스란히 드러났다.
번쩍번쩍할 때마다 사진 찍듯 뼈 형태가 기괴하게 바뀌었다.
토르가 번개를 거두었다.
치이익-
새까맣게 탄 로키가 바닥에 축 늘어졌다.
검은 연기가 풀풀 피어올랐다.
"연기 그만하고 일어나라, 못난 동생아."
"······."
"싫다면 어쩔 수 없지."
토르가 다시 묠니르를 들었다.
"아이고, 이제 일어나려고 했습니다~"
뿅! 새까맣게 탄 로키가 사라지며 인형 하나가 나타났다.
토르가 왼쪽을 쳐다봤다.
로키가 뻔뻔스럽게 손을 흔들고 있었다.

"네놈, 하계에서 대체 무슨 짓을 하고 다니는 것이냐?"

"서운합니다. 무슨 짓을 하고 다니냐니요? 아무것도 안 했습니다."

"인간들이 프레이야에게 제물로 올린 돼지 100마리가 사라졌다."

"그런 일이 있었습니까?"

"이번에도 쉽게 말할 생각은 없는 것 같군."

묠니르가 재차 번개를 흩뿌렸다.

로키가 다급히 외쳤다.

"잠깐, 잠깐, 잠깐! 진정 좀 하십쇼, 형님!"

"시끄럽다."

"제가 아주 재밌는 걸 발견했습니다!"

"네놈의 장난에 어울려 줄 생각은 없……."

"마마야루 대륙의 반신이 우리의 땅을 찾아왔습니다!"

묠니르를 휘두르려던 토르가 움직임을 멈췄다.

"무슨 말이지?"

"무슨 말이긴요. 말 그대로입니다. 그곳의 반신이 찾아왔습니다. 이유는 모릅니다만, 제가 관측한 바로 엄청난 병기를 소유하고 있습니다."

"엄청난 병기?"

"예. 도시 하나쯤은 시원하게 날려 버릴 수 있는 강력한 병기요."

토르의 눈에 이채가 스쳤다.

로키가 속으로 쾌재를 불렀다.

"거대 슬라임을 일격에 말소시키고, 산맥의 줄기를 끊어 버릴 정도의 위력이었습니다."

"두 눈으로 직접 본 거냐?"

"그렇습니다. 제가 빼앗아 보려고 했는데, 반신 주제에 엄청나게 강해 아쉽게 실패했습니다."

시도조차 못한 주제에 로키가 뻔뻔스럽게 말했다.

"그걸 빼앗는다면 저희 측에 분명 커다란 힘이 될 겁니다."

"놈이 반신이라면 마마야루 대륙과 전쟁을 벌이게 될 수도 있다."

"겁이 나십니까?"

토르가 눈을 가늘게 떴다.

로키에게 한두 번 당한 그가 아니었다.

척 하면 척이라고, 로키는 지금도 자신에게 거짓말을 하고 있었다.

물론 절반은 진짜라는 것도 알고 있었다.

'병기라…….'

로키가 무슨 생각을 하는지와는 별개로 궁금해졌다.

무엇보다 마마야루 대륙의 반신이 아스가르드에 허락도 없이 들어온 게 마음에 들지 않았다.

토르는 이번 한 번만 속아 넘어가 주기로 했다.

"안내해라."

"여부가 있겠습니까? 바로 안내하죠."

로키가 몸을 돌리고 공간 이동 마법을 준비했다.

그의 입가에 장난기 가득한 미소가 번졌다.

또 멍청한 형이 자신에게 낚였다.

로키는 그리 생각하며 마법을 완성시켰다.

토르가 반신 놈을 쓰러트리면 토르 전용 수면제로 잠들게 한 다음,

'그 강력한 배를 내가 소유한다!'

벌써부터 희열이 느껴진다.

배를 얻는다면 다른 신들도 자신을 무시하지 못할 것이다.

무시해도 상관은 없지만, 무시 안 받고 장난을 치는 게 더 재미있다.

두 신이 포탈 안으로 들어갔다.

✠ ✠ ✠

로키와 마주친 게 계속 껄끄러웠다.

분명 또 어디선가 나타나겠지.

찝찝함을 가지고 미드가르드라는 거대한 도시에 입성했다.

아스가르드 대륙에서 오로지 인간을 위한 도시로 마마야루 대륙의 도시와 크게 다르지 않았다.

약간 다른 점이 있다면 곳곳에 신의 흔적이 남아 있는 것 정도.

도시를 잘 찾아보면 하급 신을 발견할 수 있을지도 모른다.

신들도 미드가르드는 자주 방문하는 편이었으니까.

"여관에서 짐부터 풀자."

당장 내일부터 바쁜 일정이 될 것이다.

내일은 그 위험하고 위험한 '늑대'를 만나러 가야 하니까.

아스가르드 퀘스트를 진행하려면 어쩔 수 없다.

"미드가르드는 소시지지."

이곳의 소시지는 정말 기가 막혔다.

전생에도 대부분을 소시지와 함께 보냈다.

이번엔 직접 조리할 수도 있으니 맛있는 요리를 잔뜩 만들 수 있으리라.

맛있는 걸 먹을 생각에 콧노래가 절로 나오는 상황.

이때까지만 해도 모르고 있었다.

로키 그 개자식 때문에 내 아스가르드 라이프가 대차게 꼬일 거라고는.

나는 한 손에 소시지를, 다른 손에 음료를 들고 거리를 활보하고 있었다.

미드가르드는 북유럽 신화가 그대로 옮겨진 듯한 분위기라 걷는 맛이 있었다.

"유원지도 이렇게까진 못 만들 거야?"

이 모든 게 가상현실이란 이름하에 만들어진 그래픽이었다.

홀리 가디언만 전생부터 따지면 10년을 했는데도 가끔 적응이 안 될 때가 있었다.

"그딴 게 다 무슨 상관이냐~ 이렇게 소시지가 맛있는데."

소시지를 한 입 크게 베어 물었다.

육즙이 팍! 터져 나오며 뜨거운 기름이 입 안으로 번졌다.

우물우물 씹으면 소시지 안에 든 여러 내용물이 재미나게 느껴졌다.

빨대를 물고 음료를 쭉 빨았다.

상큼한 레몬 향과 사과 향이 뒤섞인 채 입을 헹구었다.

비릿하게나마 남아 있던 소시지 향이 거짓말처럼 사라졌다.

그리고 깨끗해진 상태로 한 번 더 와그작 소시지를 깨물었다.

"햄보캐~"

미식이야말로 삶의 이유!

현실에서 즐기지 못한다면 게임에서 즐기면 그만이다.

"여기인가?"

소시지와 음료를 모두 해치울 즘 커다란 여관 앞에 도착했다.

 여관의 이름은 '꼬리를 문 뱀'.

 의미심장한 이름이었다.

 북유럽 신화를 한 번이라도 접해 본 사람이라면 저 말이 무슨 뜻인지 알 수 있을 것이다.

 나는 심호흡을 한 번 하고 여관 문을 열었다.

"어서 오세요~"

 안쪽에서 맑고 경쾌한 여성의 목소리가 들려왔다.

 이윽고 주방으로 보이는 곳에서 여인 하나가 걸어 나왔다.

 몸매의 윤곽이 고스란히 드러나는 민소매 녹색 드레스에 엉덩이까지 기른 검은 생머리가 인상적인 사람이었다.

 얼굴은 잘 보이지 않았다.

 산발까진 아니어도 긴 머리칼이 얼굴의 절반 가까이를 가리고 있었다.

 방금 목소리의 주인이 맞는지 의심스러울 정도로 의외의 겉모습이었다.

 처음 이곳을 방문한 사람이라면 다른 사람으로 헷갈릴 거라 호언장담할 수 있었다.

 나는 그녀의 이름을 또박또박 불렀다.

"반갑습니다, 요르문간드."

 여인의 얼굴이 굳었다.

 머리카락이 오소소 돋으며 마녀처럼 사방으로 착! 솟아올랐다.

여인의 눈동자가 세로로 찢어지고, 피부 위로 검은 비늘이 돋아나기 시작했다.

"나를 아는구나?"

같은 목소리지만 아까완 전혀 다른 느낌.

[요르문간드][???레벨][???]

아스가르드 대륙에 존재하는 두 최강의 생물 중 하나.

세계를 집어삼키는 뱀, 요르문간드였다.

아스가르드의 신들조차 감히 그녀를 건드릴 수 없었다.

오딘을 제외하면 최강의 신인 토르조차 그녀를 상대하는 데 있어 많은 각오가 필요할 정도이니, 더 설명하는 건 입만 아플 뿐이다.

"이제 와서 모른다곤 할 수 없지요."

"그것도 그렇구나, 당돌한 인간이여."

"죄송한데 인간은 아닙니다만."

"음?"

기선 제압은 힘들더라도 그녀가 나를 무시하게끔 두면 안 된다.

그랬다간 어떤 일이 벌어질지 상상조차 할 수 없었다.

광마전사의 힘과 구원, 뇌전의 신력을 일제히 일으켰다.

"호오?"

요르문간드가 흥미로운 눈으로 나를 보았다.

그녀에게 있어 이 정도는 위협조차 되지 않는 수준이지만 적어도 신격이라는 점에서 흥미를 끄는 데 성공했다.

"보다시피 인간이 아니죠?"

"온전한 신격은 아니고, 반신인가? 아스가르드 소속이 아니로군. 느껴지는 신력이 이쪽 게 아니야."

"맞습니다."

"아주 재미있어."

요르문간드가 허공에 손을 펼쳤다.

쾅!

문이 거세게 닫혔다.

혹시나 해서 문고리를 밀어 보았지만 쇳덩이로 막았나 싶을 정도로 꿈쩍하지 않았다.

"재밌는 아이야, 그래서 나를 찾아온 이유가 무엇이니."

사방으로 펄럭이는 머리카락 덕에 요르문간드의 얼굴이 잘 보였다.

보기만 해도 심장이 멎을 것 같은 아름다움을 가졌다.

하지만 전혀 설레지 않았다.

요르문간드의 공포스러운 실체를 아는 만큼 장난으로도 그런 생각을 가질 수 없다.

나는 최대한 여유로운 척 원하는 바를 그녀에게 말했다.

"펜릴의 위치를 알고 싶습니다."

"펜릴? 그 똥강아지 펜릴을 말하는 것이냐?"

펜릴을 똥강아지라고 부를 수 있는 건 홀리 가디언 전체를 뒤져 봐도 손에 꼽힐 것이다.

"똥강아진지는 모르겠지만 아마 생각하는 그자가 맞을 겁니다."

"똥개 자식을 네가 왜 찾지?"

똥강아지에서 똥개 자식으로 격하됐다.

아니, 이것도 격하라고 할 수 있나?

"볼일이 있어서요."

"귀여운 아이야, 펜릴은 나처럼 대화를 나눠 주지 않는단다. 그 똥개 새끼는 화를 주체할 수 없게 된 지 꽤 오래됐거든."

이번엔 자식에서 새끼가 되었다.

왠지 웃음이 나올 것 같았지만 꾹 참았다.

"그것도 알고 있습니다. 제가 다 알아서 할 수 있으니 펜릴의 위치만 알려 주세요."

"펜릴을 아주 쉽게 보는구나."

"쉽게 보진 않지만 그리 어렵게 보지도 않고 있긴 합니다."

"무슨 자신감으로 그런 말을 하는지 확인하고 싶어졌다."

어느 정도는 이렇게 될 걸 예상하고 있었다.

요르문간드의 머리카락이 차분해졌다.

그와 별개로 기세는 한층 더 강해졌다.

전신을 짓누르는 듯한 압박감!

[오델론이 세계를 집어삼킨다는 뱀의 잠재력에 휘파람

을 붑니다.]

 휘파람 같은 소리 하네!

 나는 차분히 요르문간드를 보았다.

 기세를 저렇게 올려도 막상 내게 해를 끼치진 못한다.

 이곳이 미드가르드이며, 그녀가 아스가르드의 신들에게 감시를 받는 처지였기 때문이었다.

 '그렇다고 공격할 수단이 아예 없는 건 아니지.'

 요르문간드의 본신은 세계를 몇 번 뒤덮을 정도로 거대하지만 그보다 무서운 건 따로 있었다.

 바로 독이었다.

 가장 유명한 건 세상을 녹이는 독이지만 그것 말고도 수만 가지의 독을 품고 있는 것이 요르문간드였다.

 "네가 내 힘을 얼마나 견딜 수 있는지 한번 보자꾸나."

 그녀의 몸에서 보라색 증기가 뿜어져 나왔다.

 [구원의 신격 전력 개방!]

 녹색의 신력이 사방팔방으로 뻗어 나왔다.

 "호오, 정화의 힘을 가진 신력인가? 반신치고 제법 하는구나?"

 "당신과 이러고 싶지 않습니다."

 "그 말은 마음만 먹는다면 나랑 한바탕할 수 있다는 것처럼 들리는구나."

 "그런 뜻이 아니라!"

 "재밌어졌다. 어디 끝까지 막아 보거라."

"신들의 감시 따윈 무시하는 겁니까?"

"애초에 그들을 두려워한 적은 없느니라."

마치 여왕님처럼 요르문간드가 고개를 치켜세우며 말했다.

'이렇게까지 나온다고?'

그렇게까지 요르문간드를 자극했었나?

악신의 파편을 뽑아 들었다.

위이잉!

악신의 파편이 요르문간드의 존재감을 느끼고 거세게 울기 시작했다.

"그 검은?"

요르문간드의 눈이 휘둥그레졌다.

악신의 파편은 아포피스의 일부로 만든 검.

아포피스는 설정상 마마야루 대륙에서 신들조차 감당하지 못한 강력한 악신이었다.

그리고 요르문간드 역시 아포피스와 비슷한 포지션이었다.

"강대한 뱀의 힘이 느껴진다."

역시나 그녀는 보자마자 검의 본질을 꿰뚫어 보았다.

그녀가 말을 이었다.

"들은 적 있다. 옆 대륙엔 신들조차 어쩌지 못한 끔찍한 악신이 존재한다고. 그 악신은 뱀의 형태를 하고 있으며, 마주치는 모든 것의 생(生)을 거두어 간다지?"

단순히 들은 정도가 아니라 제법 잘 알고 있었다.
"그의 눈으로 빚어낸 검입니다."
"그만한 신격의 눈으로 만든 검이라면 아무리 네놈이 반신이라도 감당할 수 있을 리가 없는데?"
"보다시피 감당하고 있습니다."
"하하하하!"
요르문간드가 크게 웃었다.
"네 말이 맞구나. 아주 귀한 걸 봤어."
요르문간드가 힘을 거두었다.
엄청난 압박감이 일제히 사라지자 다리가 풀려 바닥에 주저앉을 뻔했다.
"기분이 좋아졌다. 오늘은 그냥 넘어가 주마."
"…기분이 참 오락가락하시는 모양입니다."
"미녀는 원래 그렇단다."
요르문간드가 한쪽 눈을 찡긋했다.
전신에 오소소 소름이 돋았다.

"펜릴에게 무슨 볼일이 있다는 것이냐?"
내가 말없이 보자 요르문간드가 눈동자를 세로로 만들며 경고했다.
"말하지 않는다면 알려 주지도 않을 것이고, 아까 하던 것을 마저 할 것이다."
"…그의 목에 걸린 족쇄를 풀 겁니다."
"지금 네가 무슨 말을 하는 건지 알고 있느냐?"
"정확히는 모르겠지만 아마 많은 신이 펜릴의 먹이가 되겠지요."

 펜릴은 신들조차 감히 대적할 수 없는 사상 최강의 괴물.
 눈앞의 요르문간드조차 펜릴과 비교하면 한 수 아래였다.
 토르 역시 마찬가지다.
 당장 현실의 신화 속에서도 요르문간드에게 승리하긴 했지만 동귀어진이나 다름없었다.
 펜릴의 적수가 아니었다.

"그뿐만일 것 같으냐? 끔찍한 대전쟁의 서막이 올라갈 것이다. 많은 인간이 죽을 것이고, 이그드라실이 쓰러져 세상이 멸망할 것이다."
"아마도 그렇게 되겠죠."
"허! 네 세상이 아니라고 말을 막 하는구나!"
"제가 풀어 놓고 아무런 행동도 안 한다면요."
"뭐라?"

 내가 미친놈도 아니고, 설마 펜릴을 그냥 풀어 두고 놔두겠는가?
 다 생각이 있으니 풀려고 하는 것이다.

"방법이 있는 것처럼 말하는구나? 내 오라비, 그러니까 펜릴의 분노는 지금의 나조차 감당할 수 없다."

"그런데 얘기를 듣다 보니 이상한 점이 있군요?"

"이상한 점?"

"당신 입장에선 펜릴이 아스가르드를 멸망시키는 게 더 좋은 거 아닙니까? 좋은 기억은 없을 텐데요."

"너, 이것저것 많이 알고 있는 모양이군?"

"제법 됩니다."

"네 말대로. 마음 같아선 이런 세상 따위 영원한 파멸로 몰아넣고 싶다. 그러나 펜릴은 그 정도로 만족하지 못한다."

"오딘의 눈이 있다면?"

"……!"

요르문간드의 얼굴이 눈에 띄게 변한 건 이번이 처음이었다.

"미미르가 가지고 있는 그 눈을 펜릴에게 준다면 그 화가 어느 정도 누그러지지 않겠습니까?"

실제 신화 속에선 어림도 없는 얘기지만 이곳은 많은 이야기가 가공되어 재탄생한 가상현실.

오딘에게 미미르의 샘의 지혜를 주는 대신 대가로 받은 오딘의 눈은 샘의 지혜를 한껏 빨아들여 지금은 그 어떤 것도 대체할 수 없는 강력한 정화의 힘을 머금게 되었다.

오딘의 눈이라면 펜릴의 끝없는 분노도 정화가 가능했다.

단순 가정이 아니었다.

'전생에 시도한 녀석이 있었지.'

문제가 있다면 오딘의 눈을 얻는 과정이지만, 이 또한 전생자인 나에겐 어려울 것도 없는 일이었다.

하지만 요르문간드는 달랐던 모양이다.

"오딘의 눈이라면 가능할 수도 있다. 하지만 어떻게 얻을 생각이지? 미미르를 너무 쉽게 여기는 것 아닌가?"

"더 이상 말이 길어지는 건 싫습니다. 위치를 알려 주실 겁니까?"

"네놈……."

요르문간드가 사납게 노려보았다.

살짝 쫄렸지만 시선을 피하지 않았다.

나는 반드시 펜릴에게 얻어야 할 게 있다.

5, 6번째 메인 스트림을 수월하게 끝내려면 성장도 성장이지만 '그것'이 반드시 필요했다.

"어차피 오딘의 눈을 얻지 못하면 위치를 안다 해도 도전하지 않을 겁니다. 자살할 생각은 없거든요."

요르문간드의 입꼬리가 올라갔다.

"킥킥! 재밌어, 아주 재밌어!"

왠지 그녀의 몸집이 부풀어 오르는 듯한 착각이 일었다.

"좋다. 위치를 알려 주마. 어디 한번 뒹굴어 보거라!"

1차 관문은 성공적으로 넘어갔다.

내가 희미하게 웃으며 주먹을 꽉 쥔 순간이었다.

쾅!

문이 박살 나며 2명의 남자가 안으로 들어왔다.

나는 충격에 빠진 얼굴이 되었다.

'요르문간드가 누구도 들어오지 못하게 해 놨을 텐데?'

그걸 힘으로 뚫어 냈다는 건 필히 평범한 인간은 아니라는 의미다.

요르문간드의 고운 눈이 좁혀졌다.

"이곳엔 무슨 일이냐, 버러지들!"

"너에겐 볼일 없다."

쿠릉!

천둥소리가 울려 퍼졌다.

나는 마른침을 삼키며 뒤를 돌아보았다.

"저 반신에게 볼일이 있다."

그곳엔 토르가 서 있었고, 옆엔 로키가 음흉한 얼굴로 웃고 있었다.

✞ ✞ ✞

뜬금없는 토르의 출현에 나는 적잖이 당황했다.

그러나 뒤에 있는 로키를 보고 저 자식이 부린 수작이란 걸 깨달았다.

'도망쳐야 하나?'

토르가 나를 찾아왔다는 건 결코 좋은 목적은 아닐 것이다.

로키의 표정만 봐도 알 수 있었다.

'배를 강탈할 셈이 분명해.'

싸우는 건 자살행위.

문을 박살 내고 들어온 걸 보면 딱히 대화가 통할 것 같지도 않다.

'역시 튀는 것밖엔 답이 없네.'

하지만 잘될까?

상대는 천둥의 신.

내가 아무리 빨라도 전자극을 다루는 토르에게서 벗어나는 건 불가능했다.

뒤를 슬쩍 보았다.

요르문간드가 매우 못마땅한 얼굴로 토르를 노려보고 있었다.

"네가 이 녀석에게 볼일이 있다 하여 내가 내줘야 하느냐?"

"내줄 필요 없다. 내가 가져가면 되니까."

가져가기는, 내가 무슨 물건이야?

목구멍까지 이 말이 차올랐지만, 묠니르에 뚝배기가 깨지긴 싫어서 꾹 참았다.

요르문간드가 같잖다는 얼굴로 조소를 지었다.

"크크큭! 어리석구나, 천둥의 신이여."

"말이 안 통할 줄 알았다."

요르문간드가 본모습으로 변하기 위해 준비를 시작했다.

토르는 묠니르에서 번개를 줄기차게 뿜어냈다.

"잠깐!"

그때 로키가 둘 사이를 막아섰다.

"여기서 굳이 피를 볼 이유는 없어. 요르문간드 먼저 녀석과 볼일 봐. 우린 그다음 봐도 되니까."

"로키, 멋대로 나서지 말……."

"형님, 너무 막무가내로 행동하지 마십쇼."

토르의 말을 끊은 로키가 그에게 가까이 다가가 조용히 말했다.

"이곳은 요르문간드의 영역. 아무리 형님이라도 장담할 수 없습니다."

"내가 저깟 뱀에게 당할 거란 얘기냐?"

"승부를 떠나서 치명상을 입을 수도 있단 얘깁니다."

"무어라 떠드는 것이냐? 겁쟁이들 같으니라고."

흥이 식었는지 요르문간드가 콧방귀를 뀌었다.

로키가 토르의 어깨를 두어 번 두드려 주고, 환한 얼굴로 요르문간드에게 말했다.

"먼저 하시게. 우린 나가 있지."

"도망치느냐?"

"말은 똑바로 하자고. 정말로 한다면 좋은 꼴 못 본다, 뱀."

로키의 경고에 요르문간드가 똥 씹은 얼굴을 했다.

그 말이 틀리지 않았기 때문이었다.

토르가 요르문간드를 무섭게 노려보다가 나를 보았다.

입을 열지 않았지만, 도망칠 생각은 하지 말라는 것 같았다.

두 신이 나가고 요르문간드가 내게 말했다.
"도망칠 구석을 만들어 줄까?"
"그럼 정말 감사하겠군요."
로키가 싸움을 막기 위해 임기응변을 펼쳐 시간을 만들었지만, 내 상황이 변한 건 아니었다.
유저라 죽는 건 무섭지 않지만, 놈들은 강대한 신격.
실제로 갓킬러를 빼앗길 수 있었다.
"너도 고생이군."
"로키 그 새끼 때문에."
"놈들이 대체 네게 뭘 원하는 것이냐?"
"비밀입니다."
"허허."
미안하지만 요르문간드에게도 말할 수 없었다.
알게 된다면 그녀 역시 갓킬러를 원하게 될 테니까.
차라리 토르가 알게 된 것보단 낫지만 내 상황이 나빠지면 나빠지지, 절대 좋아질 리는 없다.
"내가 알아내겠다고 하더라도?"
"어려울 겁니다. 요르문간드 님은 신이 아니시니까요."
"재밌는 말을 하는군."
요르문간드의 힘은 신에 필적, 혹은 그 이상이다.
그러나 신은 아니었다.
굳이 따지자면 몬스터리라.
그것도 끔찍할 정도로 강대한 힘을 지닌 뱀!

"아무튼 죄송합니다."

"크큭! 그런 네놈의 태도가 마음에 들었다. 따라와라."

"로키의 눈을 완전히 피할 수 있을까요?"

"로키는 이그드라실의 고위 신격이지만, 힘에 있어선 나에게 한참 못 미친다."

"믿음직스럽습니다."

"도와주는 김에 펜릴의 위치도 알려 주지. 진짜 네가 할 수 있을진 모르겠지만, 만약 오딘의 눈을 얻을 수 있다면……."

요르문간드가 말을 끝까지 잇지 않았다.

"믿어 보세요. 지금까지 했던 말 중 지키지 못한 건 거의 없거든요."

"있긴 하단 소리군."

"저도 인간이다 보니."

"인간 출신이었나?"

고개를 끄덕였다.

요르문간드가 피식 웃으며, 서랍 속 마법구를 꺼내 건넸다.

"이 안에 펜릴의 위치가 담겨 있다. 네 실력으론 아마 접근하는 게 한계일 거라고 생각한다."

너무 많아 어딘지 예측도 안 갔다.

구슬을 받아 마력을 주입했다.

[긴눙가가프의 심연]

위치가 상태창으로 짧게 떠올랐다.
"긴눙가가프라면……?"
"세상이 만들어지기 전, 세상의 중심이라 불렸던 곳."
"펜릴은 이런 곳에 있는 겁니까?"
"그래. 펜릴의 힘을 극도로 두려워한 신들이 절대 풀 수 없는 족쇄를 채워 그곳에 가둬 두었다."

긴눙가가프는 처음 들어 보았다.

하긴 펜릴의 족쇄를 풀려고 했던 유저는 펜릴이 어디에 있는지 밝히지 않았다.

모르는 게 당연했다.

"가는 방법은 어떻게 됩니까?"

긴눙가가프로 가려면 특별한 방법이 필요했는데, 아쉽게도 나는 알지 못했다.

"간단하다. 무스펠하임과 니플헤임의 갈림길 앞에 존재하는 절벽. 그곳으로 뛰어내리면 그곳이 바로 긴눙가가프다."
"……?"
"그냥 뛰어내려라. 그곳이 긴눙가가프이니라."

뛰어내리라는 말에 충격받은 게 아니었다.

무스펠하임과 니플헤임은 신화적으로도, 게임적으로도 잘 알고 있었다.

특히나 게임적으론 상당히 많이 알고 있었는데.

"신조차 가길 꺼리는 두 세계의 갈림길로 가야 한다고요?"
"놀란 부분은 그쪽이었느냐?"

"펜릴은 정말 그런 곳에 있는 겁니까?"

"그렇다. 끔찍한 고열의 불길과 11개의 물줄기가 뒤섞인 그 세계에 갇혀 있다."

머리가 지끈거렸다.

무스펠하임과 니플헤임은 당장 내가 도전할 수 있는 영역이 아니었다.

전생에서도 나의 레벨이 1천 정도 되었을 때 초입을 뚫을 수 있었다.

아스가르드는 그런 세상이었다.

마마야루 대륙이나 아틀란티스 대륙과는 난이도를 비교할 수가 없다.

나중에 마계가 열리고 하면 그땐 또 다른 문제지만, 당장은 아스가르드가 넘사벽급의 세계였다.

"미치겠군."

"그래서 말했잖느냐. 지금의 네 수준으론 감당하기 힘들 거라고."

그땐 긴눙가가프가 그런 곳인 줄 몰랐지.

'나중에 도전해야 하나?'

앞으로 일이 잘 풀리려면 반드시 펜릴에게서 얻어야 할 게 있었다.

싸울 생각 않고 숨어 다닌다면 어쩌면 도착할 수 있을지도 모르겠다.

'이왕 이렇게 된 거 해 보자고.'

내가 결심을 하자 요르문간드가 피식 웃었다.
"얼굴에 속마음이 다 나타나는구나."
"하하."
"따라와라. 이제 도망칠 수 있게 해 주지."
"그런데 괜찮겠습니까? 절 도와주면 토르가 가만있지 않을 텐데요?"
"내가 놈을 겁낼 줄 아느냐?"
그도 그렇다.
북유럽 신화에서도 요르문간드는 토르와 동귀어진한 괴물 중의 괴물.
내가 그녀를 걱정하는 건 우습다.
'생각해 보니까 신화에선 요르문간드랑 펜릴이 로키의 자식으로 나오는데.'
이곳에선 아니다.
여러모로 북유럽 신화의 기반을 많이 가져다 썼지만, 여러 면에서 노선이 많이 달랐다.
"저 통로로 들어가면 이곳과 아주 먼 곳에서 나타날 것이다."
"그곳이 어딘데요?"
"모른다. 놈들이 너를 역추적하면 안 되니, 좌표는 랜덤이다. 그냥 멀 뿐이다."
"…위험한 곳만 피해 주세요."
"말했듯이 랜덤이다."

그리 말하며 웃는 요르문간드는 꽤나 얄미웠다.
"후우! 그럼 이만 가 보겠습니다."
"넌 재밌는 놈이니 다음에 또 놀러 오너라."
"그럴 수 있다면요."
요르문간드와 마저 인사를 나누고 통로 앞에 섰다.
말이 통로지 그냥 작은 문이었다.
그 안으로 무지갯빛 소용돌이가 치고 있었다.
고개를 숙이고 슥 들어갔다.
세상이 어지러이 물드나 싶더니.
"운도 더럽게 없지."
다섯 마리의 곤충형 몬스터가 나를 포위하고 있었다.

☦ ☦ ☦

요르문간드가 통로를 닫았다.
손가락을 튕기자 통로가 흔적도 없이 사라졌다.
카운터로 나가자 토르와 로키가 무서운 얼굴로 서 있었다.
"반신은 어디 갔나?"
"너한테 주기 싫어서 빼돌렸어."
"겁 없는 년."
콰르르르릉!
시퍼런 번개 줄기들이 여관 전체를 휩쓸었다.
그러나 문짝처럼 파괴되는 일은 없었다.

여관은 요르문간드가 임시방편으로 만들어 놓는 그녀의 영역.

"이곳에서 너희가 날 이기는 일은 없느니라!"

세계를 뒤덮는 뱀이 혀를 내밀었다.

토르가 뛰어들었고, 로키는 혀를 차며 아공간 속으로 피신했다.

콰아앙!

번개와 독이 뒤섞이며 폭발했다.

한 소녀가 껑충 걸음으로 숲을 거닐고 있었다.

소녀의 귀는 뾰족했는데, 그 사이로 흘러내리는 연녹색 머리칼은 신비했다.

소녀는 손에 든 꽃바구니를 보며 싱긋 웃었다.

예쁘고 향기 좋은 꽃들이 피어나는 계절이 되었다.

"하이리 님이 좋아하시겠지? 히히히!"

소녀는 다소 장난기 가득한 웃음소리를 내며 다시 껑충껑충 뛰었다.

그러다 멀리서 들려온 폭음에 귀를 쫑긋거렸다.

"무슨 소리지?"

소녀는 호기심이 많았다.

위험하건, 위험하지 않건 궁금한 건 반드시 해소해야 했다.

어른들이 나쁜 버릇이라고 했지만, 참으면 병이 된다는 속설이 있다.

소녀는 그리 자기합리화를 하며 폭음이 들려온 곳으로 향했다.

그곳에 도착했을 때 소녀는 재미난 걸 보았다.

시퍼런 번개가 거대한 곤충을 꿰뚫었다.

어둠이 또 다른 곤충을 덮치고, 빛이 폭발했다.

사이사이 흐르는 녹색 빛은 보기만 해도 충족감이 느껴졌다.

그 중심엔 한 남자가 서 있었다.

불길한 흑검을 휘두르는 붉은 머리칼의 남자였다.

"이 징그러운 것들! 다 꺼져!"

남자가 그리 외치며 흑검을 휘둘렀다.

검은 잔상이 궤적을 그렸다.

지네형 몬스터의 머리가 떨어졌다.

남자가 높이 뛰어올라 풍뎅이형 몬스터의 등껍질에 검을 꽂았다.

빛의 파동이 주변을 무너트리며, 벌레의 육신을 터트렸다.

거미형 몬스터가 남자의 뒤를 덮쳤다.

[공명파(共鳴波)]

남자의 몸에서 빛과 어둠이 뒤엉키더니, 동심원을 그리며 물결처럼 퍼져 나갔다.

거미가 나가떨어졌다.

남자가 급히 몸을 돌려 거미의 가슴에 검을 꽂았다.
검에서 사악한 어둠이 일렁였다.
지잉-!
어둠이 직선 형태로 하늘 끝까지 솟구쳤다.
소녀가 입을 가렸다.
꽃바구니가 바닥에 떨어지며, 꽃이 사방으로 나부꼈다.
"세상에나."
소녀가 놀란 목소리로 중얼거렸다.
그러다 문득, 멀지 않은 곳에서 시선이 느껴졌다.
그곳을 보자 남자가 자신을 보고 있었다.
소녀는 생각했다.
'멋져.'

'엘프?'
난데없는 엘프의 등장에 깜짝 놀랐다.
생김새를 보아하니 아직 어린 엘프였다.
그런데 엘프가 나를 보는 눈이 예사롭지 않다.
홀리 가디언의 엘프는 판타지 소설 속 엘프들과는 조금 달랐다.
그들은 순수했지만 조용하지 않고, 매우 적극적이었다.
엘프 소녀가 쪼르르 내게 달려왔다.

"저기요!"

소녀가 명랑하게 나를 불렀다.

"나, 나?"

"예. 그쪽이요."

"무슨 일이니?"

"반했어요."

"음?"

"반했어요!"

엘프 소녀가 내 품에 와락 안겼다.

✠ ✠ ✠

"그러니까 내가 싸우는 모습을 보고 반했다는 말이지?"

"네! 히히."

말문이 막혔다.

겉으로 봐도 내가 엘프 소녀를 만나면 범죄였다.

나는 어색하게 대답하며, 그녀에게 이름을 물었다.

"그, 그렇구나. 이름은 뭐야?"

"나노예요. 나! 노!"

"알아들었어."

"히히."

"나이는?"

겉모습은 이럴지라도 엘프의 나이는 또 모른다.

엘프는 설정상 천 년을 넘게 사는 장생종이었다.
나노도 겉모습은 어려 보여도 실제론 백 살 먹은 엘프일 수도 있었다.
"저 올해로 열넷이요!"
그럴 일은 없었다.

✢ ✢ ✢

아스가르드 대륙엔 유독 많은 엘프가 살아가고 있다.
좀 큰 숲이다 싶으면 그곳은 엘프의 터전이었다.
이곳도 마찬가지였다.
나노는 자신이 사는 숲으로 나를 안내했다.
"저희 숲은 나무가 엄청 길쭉길쭉해요."
"딱 봐도 그래 보여."
"여기는 초입이라 다 작은 나무예요."
"이게 작은 나무라고?"
"네. 크면 여기 나무보다 한 열 배 정도는 더 길다구요! 히히!"
주변 나무만 해도 20미터는 되어 보였다.
열 배면 200미터라는 얘기인데, 한국에서 최고층 마천루인 롯데타워몰이 500미터를 넘겼다.
그 절반 조금 안 된다는 얘기인데, 그것만으로도 엄청났다.

"마을 사람들이 좋아할 거예요."

"그랬으면 좋겠네."

엘프와 친분을 쌓아 두면 나쁠 것 없다.

엘프는 기본적으로 선한 종족이었다. 인간과 선악의 기준이 약간 다르지만, 오히려 그 편이 안심할 수 있었다.

"저기예요!"

어느 정도 걷자 나노가 멀찍이 뻗어 있는 나무를 가리켰다.

고개가 저절로 위로 들렸다.

나노의 말처럼 엄청나게 긴 나무가 여러 개 보였다.

신기한 건 정말 길기만 하고, 여타 나무처럼 가지와 잎이 풍성하지 않았다.

"이쑤시개 같아."

"그게 뭔데요?"

"그런 게 있어."

"그렇구나. 어서 가요!"

나노가 신이 난 발걸음으로 총총 뛰어갔다.

나는 나무를 구경하며 걸음을 옮겼다.

그러다 몇 개의 인기척이 나를 주시하고 있음을 깨달았다.

잠깐 멈칫했지만, 기척을 무시하고 나노를 따라갔다.

엘프 마을은 검소했다.

기본적으로 소유욕이 없는 종족이라 당연한 형태였다.

"반갑습니다. 마을 촌장인 아구로입니다."

"알딘입니다."

"인간이 아니시군요."

촌장 아구로는 한눈에 내 본질을 간파했다.

오래 산 엘프는 그 자체로 강력한 힘을 지닌 존재다.

내가 말을 않자 아구로가 사람 좋은 미소를 지어 보였다.

"불편해하실 거 없습니다. 아스가르드엔 많은 신이 존재하니, 그리 특별한 일도 아닙니다."

"그렇게 말씀해 주시니 감사합니다."

"알딘, 신이었어요?"

"어쩌다 보니까."

"신이란 게 어쩌다 될 수 있는 거예요?"

"나노, 민감한 질문은 그만하고 손님에게 마을을 소개시켜 드리려무나."

아구로의 말에 나노가 힘차게 대답했다.

"볼 건 별로 없겠지만, 재밌게 둘러보고 오시길."

"배려 감사합니다."

다시 나노를 따라 마을을 한 바퀴 돌았다.

"저곳은 곡식 창고. 1년 동안 마을 사람들이 먹을 식량이 비축되어 있어요."

"저곳은 회관! 한 달에 한 번씩 마을 회의 할 때 사용돼요."

"저곳은 저희 마을 농경지! 뭐, 마을 자체가 크지 않아서 크진 않아요."

"마지막으로 이곳이."

나노를 따라 마을을 거의 다 돌 무렵, 마지막으로 소개받을 장소에 도착했다.

그곳을 보고 나는 감탄을 금치 못했다.

"엘프들의 묘지예요."

아름다운 수정 비석이 지천에 깔려 있었다.

먼지 한 톨 묻지 않은 비석들은 영롱하게 반짝였고, 주변 토지는 비옥해 아름다운 꽃들이 만발해 있었다.

이 마을에서 나고 자란 엘프들이 최후에 묻히는 곳.

"아름답죠?"

"아름답다."

특히 묘지 중앙에 솟아난 거대한 나무는 벚나무처럼 아름다운 분홍빛이었다.

나무는 묘지 전체를 덮고 있었다.

바람이 불 때마다 가지에 붙은 분홍 잎이 떨어져 날아오르는 광경은 그야말로 장관이었다.

"엘프의 나무, 라모니카예요. 엘프가 살아가는 곳에 반드시 존재하는데, 힘의 근원이라고 할 수 있어요."

나도 몇 번 본 적 있어 알고 있었다.

하지만 저렇게 큰 라모니카는 처음 보았다.

마을 규모를 생각하면 저 크기의 절반은 되어야 할 텐데, 어지간한 대규모 엘프 마을의 라모니카보다 더 거대했다.

"세계수와 가까워서 그런지 엄청나게 커요."
"세계수가 가깝다고?"
"네. 여기서 하루 정도 가면 이그드라실을 볼 수 있어요."
랜덤하게 떨어져 위치는 알지 못했다.
어쩐지.
저 라모니카는 세계수의 영향을 강하게 받아 크게 성장한 것이었다.
"밤에 다시 와요. 밤에 보면 그건 그것대로 아름답거든요."
나노의 말에 고개를 끄덕였다.
이런 아름다운 것은 낮에도, 밤에도 봐 줘야 한다.
그러나 내 대답이 나노에겐 다른 의미로 받아들여진 모양이었다.
"와아! 데이트 신청을 받아 준 거예요!"
"어어?"
"신난다! 신난다!"
나노가 애처럼 펄쩍펄쩍 뛰었다.
나는 당황해 제대로 말리지 못했다.

"나노가 아직 어리숙한 면이 많습니다."
"하하……."
"나노, 손님을 당혹스럽게 만들면 안 되지."

"그렇지만 알딘이 알겠다고 했는걸."

촌장의 타이름에 나노가 시무룩한 얼굴을 했다.

"괜찮습니다. 저도 밤의 라모니카를 보고 싶기도 하고요."

"데이트는 아니잖습니까?"

아구로는 꽤 예리한 구석을 찔렀다.

내가 어색하게 웃자 나노가 울상을 지었다.

"데이트 아니에요?"

"그게……."

"어허! 나노, 오늘 처음 만난 사람에게 어찌 그러느냐? 아닌 말로 인간족 성인은 미성년자와 만나면 범죄란다."

"범죄야?"

이 노인네는 엘프면서 인간의 사정은 왜 이렇게 잘 알아?

그보다 이 세계에서도 미성년자와의 연애가 금기인가?

이런 쪽은 딱히 알아본 적이 없어 잘 알지 못했다.

아무래도 현실의 법을 그대로 들여온 모양이었다.

"히잉! 말도 안 돼. 그럼 내가 성인식을 치르면 괜찮아요?"

"으음, 그건 알딘 님의 뜻에 따라 다르겠지?"

"진짜?"

나노가 눈을 빛냈다.

미안하지만 나노는 진짜 사람 같아도 NPC였고, 나는 유저였다.

이어지고 싶어도 이어질 수 없는 몸이란 말이다.

여기서 장난으로 그렇다고 답할 수도 없는 게, 실제로 그랬다가 강력한 NPC에게 찍혀 게임을 접은 사람도 있었다.

'엘프에게 찍히는 건 사양이라고.'

엘프족이 그럴 리는 없겠지만, 혹시라는 게 또 모르는 법이다.

"알딘은 그렇게 생각 안 하나 봐요. 히잉!"

"으음! 뭐, 그럴 수도 있지. 안 그렇습니까, 알딘 님?"

이번에도 어색한 웃음으로 대답을 회피했다.

"나 갈래……."

나노가 터벅터벅 촌장 집을 나갔다.

어린 소녀의 마음에 상처를 준 것 같아 괜히 미안해졌다.

"신경 쓰지 마십시오. 꽤 단순한 아이라 내일이면 다 까먹고 무슨 일 있었냐는 듯 대할 겁니다."

"부디 그랬으면 좋겠네요. 미안해서."

"알딘 님이 미안하실 건 없습니다. 애초에 첫눈에 반하는 건 어린아이의 특권 아니겠습니까? 허허허."

아구로가 사람 좋은 웃음을 터트렸다.

"그보다, 어쩌다 이곳까지 오신 겁니까?"

"이그드라실에 볼일이 있어서 가는 길에 우연히 나노를 만나 들르게 됐습니다."

"세계수에 무슨 볼일이."

"가야 할 곳이 있거든요."

"흐음, 위험한 곳을 가려는 모양이십니다."

아구로는 나를 들여다보다가 한눈에 간파했다.

나는 나이 먹은 엘프를 이런 이유 때문에 그리 좋아하지 않았다.

그들은 상대 표정을 보고 어느 정도 생각을 예측할 수 있었다.

"어쩌다 보니."

"제가 한 말씀 드려도 될는지요?"

"어떤 말씀을."

"죽으실 겁니다."

긴눙가가프로 가는 여정은 절대 쉽지 않다.

몇 차례 죽을 각오는 이미 한 상태였다. 그러니 죽음이 두렵지 않았다.

"괜찮습니다."

"반신이라 그런 것 같진 않고……. 혹시 모험가이십니까?"

바로 거기까지 알아낼 수 있단 말인가?

조금 놀랐다.

아스가르드에 나 말고도 몇몇 모험가가 도달하긴 했지만, 그들은 초반부터 버티지 못하고 몽땅 나가떨어졌다.

그래서 대륙에 아직 모험가에 대해 알려지지 않았다고 생각했는데.

"촌장급 엘프에겐 한 달에 한 번 계시가 내려옵니다."

"…제가 올 거란 걸 예측했다는 겁니까?"

그건 불가능했다.

아무리 가상현실이라도, 인간이 만든 게임.

미래까진 알 수 없었다.

그랬다면 현대사회는 지금과는 비교도 안 되는 문명을 이룩했을 것이다.

예상대로 아구로가 고개를 저었다.

"그런 내용이 아닙니다. 언젠가 모험가라는 자들이 이 땅에 나타날 것이다, 그런 계시였습니다."

"아하."

메탈리즘사에서 이런 식으로 급이 있는 NPC들에게 모험가의 정보를 풀었구나.

"맞습니다. 모험가입니다."

"모험가는 조금 다르긴 해도 인간이라고 들었는데."

"인간입니다."

"허허! 그들의 성장엔 끝이 없다 듣긴 했지만, 신의 영역까지 도달할 수 있다니."

아구로의 눈엔 경탄과 두려움이 섞여 있었다.

NPC가 보기엔 모험가는 그야말로 괴물일 것이다.

시작은 초라할지라도 끝없는 성장이 가능한 유저들이다.

언젠간 팔왕보다, 천계의 신, 마계의 마왕보다 더 강해져 종국엔 최강의 자리에 우뚝 서게 되리라.

"귀한 몸이시란 걸 더 빨리 알았다면 좋은 대접을 해 드렸을 텐데."

"충분히 좋습니다. 너무 좋은 마을입니다."
"그리 말씀해 주시니 감사합니다."
나는 아구로와 조금 더 얘기를 나누고 배정된 방으로 들어갔다.
그리고 그대로 굳을 수밖에 없었다.
"잠 시중을 들기로 한……."
"나가세욧!"
엘프는 성에 생각보다 많이 개방된 종족이었다.

다음 날.
이른 아침 로그인을 하자 나무 천장이 나를 반겼다.
"알딘!"
문이 벌컥 열리며 나노가 들어왔다.
"보고 싶었어요~"
"우왁!"
나노가 내게 그대로 뛰어들었다.
어제 아구로가 하루 지나면 원상태로 돌아올 거라고 했지만, 실제로 그럴 줄은 몰랐다.
나는 나노를 품에 안고 바닥에 내려놨다.
무릎 꿇은 나노가 웃는 얼굴로 나를 보았다.
"아침부터 무슨 일이야?"

"촌장님이 불러요."
"촌장님이?"
"네!"
나노와 함께 촌장 집으로 향했다.
촌장 집에 도착하니 아구로가 나를 반갑게 맞아 주었다.
"잠은 잘 주무셨습니까?"
똘망똘망한 눈빛으로 물어보는 걸 보니, 어제 그 엘프 여자는 이 노인네가 보낸 게 맞았다.
"하하! 혼자 잤습니다."
"음? 그럼 잠을 혼자 자지, 누구랑 자요?"
나노가 예상치 못한 질문을 던져 왔다.
나와 촌장이 헛기침을 했다.
"나노야, 둘이서 따로 할 얘기가 있으니 나가 있거라."
"나중에 봐요!"
나노가 집을 나가자 촌장이 얼굴을 굳히며 나를 보았다. 그러곤 말했다.
"곰곰이 생각을 해 보았습니다만, 혹시 가시려는 곳이 니플헤임이십니까?"
"거쳐 가는 곳이긴 합니다만, 그건 어떻게?"
"사실 그냥 넘길 생각이었습니다만."
"어떤 걸."
"최근 니플헤임에 거인이 하나 탄생했습니다."
그게 나랑 무슨 상관인가?

어차피 니플헤임을 직접적으로 관통하진 않는다.

"그 거인이 지금 무스펠하임의 열기를 지우고, 혹한의 땅으로 만들고 있습니다."

"아."

이건 조금 X 됐다.

"젠장! 빌어먹을 뱀 년!"

로키가 뜯긴 왼팔을 붙들고 숲을 걷고 있었다.

요르문간드와 토르의 격돌 속에서 로키는 목숨을 내놓는 거나 다름없었다.

어떻게 도망치긴 했지만, 사지 중 한 군데가 상하는 건 피할 수 없었다.

"그 배가 뭐라고 이렇게까지 고생을 해야 하지?"

장난의 신 로키조차 꽤 힘겨운 일을 겪으니 배를 포기하고 싶은 마음이 들었다.

하지만 그럴수록 마음을 다잡아야 한다.

태어나서 지금까지 한 번도 원하는 걸 포기한 적 없었다.

"그래도 놈이 어디로 향했는지 알아냈어."

토르에게 말하진 않았지만, 여관에 들어간 순간 녹음 장치를 설치해 두었다.

힘의 격돌 속에서 아주 은밀히 진행한 거라 아무도 눈치

채지 못했다.

"펜릴을 풀어 줄 생각을 하다니. 아주 어리석은 반신 놈이란 말이야."

펜릴이 누구인가.

태어나자마자 신을 위협하는 괴물 늑대였다.

"차라리 잘됐어."

로키가 음흉하게 웃었다.

녀석이 위험에 빠지면 배를 빼앗을 기회는 더 많아진다.

"크크큭."

그가 이그드라실로 향하는 포탈을 열고 안으로 들어갔다.

지금부터 니플헤임과 무스펠하임의 경계에서 존버! 할 생각이었다.

Chapter 4

광전사가 죽지 않아!

"조심히 가시길."
"또 봐요!"
나는 엘프들의 작별 인사를 받고 숲을 떠났다.
가는 길에 묘지를 거쳤는데, 라모니카를 한 번 더 보았다.
가까이 다가가 단단한 껍질을 만져 보았다.
[성스러운 나무 '라모니카의 가호'가 당신을 보호합니다.]
[하루 동안 생명력이 10퍼센트 증가합니다.]
"만져 보길 잘했네."
기분 좋은 버프에 입꼬리가 절로 올라갔다.
그러나 미소는 오래가지 않았다.
촌장 아구로에게 들었던 말에 따르면 현재 그곳에 있을 거인은 상상을 뛰어넘는 괴물이 분명했다.

뭐 하나 쉬운 게 없다.
"짜증 나네."
애당초 긴눙가가프까지 가는 여정이 쉽진 않지만, 난이도가 더 올라갔다는 사실이 나를 화나게 했다.
'빌어먹을 제작사 녀석들.'
그 전에 미미르의 샘부터 가야 한다.
무엇 하나 쉬운 게 정말 하나도 없었다.
나는 속으로 투덜거리며 이그드라실로 움직였다.

세계수 이그드라실은 아스가르드 대륙의 3분의 1을 가릴 정도로 거대하다.
하지만 일반인 눈엔 보이지 않으며, 오로지 세계수의 영역에 들어가야 그 실체를 확인할 수 있었다.
나는 물결치는 투명한 막 안으로 손을 집어넣었다.
따뜻하고 포근한 기운이 손을 감쌌다.
"오랜만이네, 이 감촉."
사람의 살결처럼 부드러워 꽤 중독성이 높아, 유저들이 장막 앞에서 자주 손을 넣었다 뺐다 반복한 적이 있었다.
나 역시 그중 하나였다.
이번 생엔 오로지 나만 이 기분을 만끽하고 있었다.
"그만하고 들어가자."

시간이 많은 것도 아니고.

계속 지체하다간 토르와 로키가 쫓아올지도 몰랐다.

세계수의 영역으로 들어가자 배경이 파스텔 톤으로 물들었다.

그리고 색감이 흐릿해지자 전체적인 풍경이 나타났다.

"언제 봐도 압도적이군."

하늘 끝까지 솟아 사방으로 길이를 가늠할 수 없는 가지를 뻗고 있는 거대한 나무.

세계수 이그드라실이 내 눈앞에 나타났다.

거리감이 꽤 되는데도 한눈에 담을 수 없을 정도로 거대했다.

저곳엔 수많은 세계가 존재한다.

신들의 세계부터 죽은 자들의 세계까지.

전생엔 유저들 사이에 이런 말이 있었다.

아스가르드의 진짜 시작은 이그드라실에서부터다.

나 역시 공감했다.

후-!

가볍게 숨을 몰아쉬고, 통통 점프했다.

"아자!"

나는 곧장 미미르의 샘으로 향했다.

✠ ✠ ✠

로빈손과 그의 동료들이 오로라에 도착했다.
"이곳이 맞아?"
"그래. 배의 소유자가 가진 특유의 기운이 이곳으로 이어져 있어."
"근데 그자를 찾으면 확실히 배를 되찾을 수 있긴 한 거야?"
창술사 동료, 아이잭이 물었다.
로빈손은 지체 없이 고개를 끄덕였다.
"배의 정당한 소유권은 나에게 있어. 아무리 놈이 배를 손에 넣었다 해도 진짜 소유권이 나한테 있는 이상 앞에 도착만 한다면 빼앗을 수 있다."
로빈손이 인벤토리에서 형광 스틱을 꺼내 동료들에게 보여 주었다.
스틱에 마력을 불어넣자 허공에 홀로그램이 떠올랐다.
그것은 '천계로 향하는 배'의 소유권을 인정한다는 내용이 적혀 있었다.
"오오! 판타지 세상에서 홀로그램을 보는 건 또 신선한데?"
탱커 바이롱이 즐거운 목소리로 말하자 다른 동료들도 비슷한 반응을 보였다.
"여튼, 녀석은 내게서 도망칠 수 없어."

"배만 얻으면 보상은 확실한 걸 테지?"

그때 뒤에 조용히 있던 회색 장발의 남자가 물어 왔다.

다른 동료들과 달리 이번 모집 공고를 통해 합류한 사람이었다.

이름은 카티라.

처음 듣는 이름이란 건 랭커가 아니라는 얘기였다.

하지만 레벨은 조건에 충족했기에 동료로 받아 주었다.

"물론. 그런 걸로 거짓말하지 않는다. 배만 손에 넣는다면, 그런 돈 정도는 푼돈이 될 테니까."

"그럼 됐다."

"싱거운 녀석."

무리에 어울리지 않아 좀 이상한 녀석이라고 생각했는데, 단순히 돈을 벌기 위해 참가한 모양이었다.

'상관없겠지.'

차라리 돈을 목적으로 움직인다면 고용인 입장에선 편했다.

"기운은 저곳으로 이어져 있다. 출발하지."

로빈손이 땅 끝을 손가락으로 가리켰다.

이그드라실 주변엔 왕국이 아주 많았다.

말이 왕국이지 총인구수가 고작 몇만밖에 안 되고, 영토는 도시 하나가 끝인 소왕국들이었다.

그들은 각자 다른 신을 경배했다.

지금 들른 곳은 북유럽 신화에서도 꽤 높은 신격인 프레이야를 섬기는 왕국이었다.

그렇다 보니 이곳엔 여자들이 참 많았다.

이름하여 여인 왕국 발키리!

프레이야가 수장으로 있는 여천사들로만 이루어진 정예 전투 부대, 발키리의 이름을 그대로 가져온 것이다.

문제는 그 발키리를 죽인다고 이름 붙여진 스킬을 내가 가지고 있다는 점이다.

'여기서 마마야루 대륙과 아스가르드 사이의 연결점이 존재하지.'

신화에서도 프레이야는 바니르 신족 출신으로, 외부에서 편입된 신이었다.

홀리 가디언에서도 프레이야는 원래 마마야루 대륙의 천계 출신이었다.

모종의 이유로 쫓겨나 이곳으로 오게 됐다는데, 이유까진 아직 밝혀지지 않았다.

적어도 오델론과 프레이야 간의 연결점이 있으리라는 것만 짐작할 뿐이었다.

[오델론이 왕국명을 듣고 살기를 일으킵니다.]

이처럼 오델론은 발키리 왕국에 진입하고부터 이런 반응을 보이고 있었다.

직접적으로 목소리를 내지 않는 게 신기할 지경이었다.
'그래도 어쩌겠어. 이곳을 지나가는 게 미미르의 샘으로 가는 가장 빠른 길인데.'
이때까지만 해도 나는 모르고 있었다.
내가 가지고 있는 힘이 그녀를 자극하게 될 줄은.

✥ ✥ ✥

오래전, 천계에서 방출된 두 남매 신이 있었다.
각각 프레이와 프레이야라는 이름으로, 엄청난 아름다움을 가진 미신(美神)이었다.
그들이 방출된 이유는 당사자를 제외하면 천계와 아스가르드의 상위 신을 빼곤 모두가 알지 못했다.
그래서 프레이야는 고독했고, 외로웠다.
'싸우고 싶어.'
오랜 세월 품어 온 욕망.
그 격렬한 감정은 그녀의 아름다움마저 집어삼켰다.
그녀가 이끄는 여천사들의 전투 부대 발키리는 사실 그녀의 진명에서 따온 이름이었다.

그리고 지금 이 순간!

오래된 호적수의 기운이 프레이야의 기감에 감지되었다.

아주 희미한 수준이었지만 전신(戰神)은 그조차 간파했다.

프레이야가 눈을 떴다.

"오델론!"

빛과 어둠의 사랑을 받는 기사.

그가 이 땅에 강림했다.

✠ ✠ ✠

'흠흠, 확실히 예쁜 여자들이 엄청 많네.'

여인 왕국답게 여성의 비율이 압도적으로 많아, 그만큼 아름다운 여자들도 잔뜩 있었다.

김태희가 밭 갈고, 한가인이 소를 몰고 다니는 나라는 다름 아닌 이곳이었다!

"젠장! 꼬실 수 있는 것도 아니고. 빨리 지나가자."

왜 홀리 가디언은 가상현실이란 말인가!

나는 아쉬움을 뒤로하고 발키리 왕국을 빠르게 주파했다.

[오델론이 당신에게 조심하라 경고합니다.]

"음?"

뜬금없는 경고에 고개를 기울일 때, 엄청난 신력이 나를 덮쳤다.

콰아아앙!

"꺄아악!"

"시, 신께서 분노하셨다!"

주변 사람들이 비명을 지르며, 겁에 질린 얼굴로 절망에 빠졌다.

나는 시야가 흐릿해지는 걸 느끼며 바닥을 나뒹굴었다.

['경시되는 생명'의 효과로 공격력이 70퍼센트 증가합니다!]

단번에 30퍼센트의 HP가 소멸했다.

'방금 뭐였지?'

본능에 가깝게 구원의 신격을 개방했다.

동시에 또 한 번 신력이 낙하했다.

파괴적이며 난폭한 신력은 순식간에 주변을 초토화시켰다.

[재밌는 신력이로군.]

귓가에 메아리치듯 들려온 목소리는 들어 본다면 고개를 한 번쯤 돌려 볼 만큼 아름다웠다.

그러나 내겐 목소리 따윌 신경 쓸 여유는 없었다.

점멸로 충격파에서 벗어났다.

신력이 창의 형태로 나를 향해 쏘아졌다.

"젠장! 뭐 하는 놈인진 모르겠다만!"

빛과 어둠, 뇌전의 신력까지 모조리 일으켰다.

[그 불쾌한 힘의 주인이 너였나!]

성난 목소리였다.

[오델론이 아니었구나. 네놈이 누구인진 모르겠지만, 그

개자식과 연관되어 있다는 것쯤은 알 수 있겠군!]
"오델론을 알고 있어?"
대답은 들려오지 않았다.
대신 하늘이 자줏빛으로 물들며, 신력이 비처럼 쏟아지기 시작했다.
그것은 발키리 왕국 전역을 휩쓸었는데, 빗방울이 바닥에 닿자 그대로 흙바닥이 녹아내렸다.
"꺄아아악!"
"살려 줘!"
"모, 몸이 녹고 있어!"
사람들이 괴로움을 호소하며 소리쳤다.
나는 충격적인 광경에 할 말을 잃었다. 그러나 언제까지고 넋 놓고 있을 수만은 없는 노릇.
"제기라아아알!"
구원의 신격을 최대치까지 개방했다.
전부를 살리는 건 불가능하더라도 절반만이라도, 그 절반만이라도!
녹색 신력이 왕국 전역을 덮기 시작했다.
빗방울이 구원의 신력 틈에서 그대로 소멸했다.
[반신 따위가.]
하늘 높은 곳에 둥근 자주색 에너지 덩어리가 떠올랐다.
[오델론이 강하게 경고합니다!]
경고하지 않아도 나도 알고 있어!

'젠장! 저런 게 떨어지면 왕국 전체가 사라져.'
[오델론이 '발키리 킬러'의 힘을 사용하라고 조언합니다.]
"발키리 킬러?"
[오델론이 떠들 시간 따위 없다고 합니다!]
빌어먹을! 그냥 입으로 말하라고!
"제길!"
[성전 모드:발키리 킬러]
등 뒤에서 빛의 날개가 펼쳐졌다.
[그 오만한 힘을 이어받았구나!]
그녀의 목소리를 무시하고 에너지 덩어리를 향해 날아올랐다.
왠지 모르지만, 지금이라면 저것을 막을 수 있을 것 같았다.
[그러나 네놈은 오델론이 아니다. 그러니 죽어라.]
에너지 덩어리가 떨어졌다.
"웃기지 마!"
빛의 검을 내질렀다.
[가소롭다.]
자줏빛 신력의 광선이 왼쪽 가슴과 오른쪽 허벅지, 발등을 꿰뚫었다.
['가상 우주'가 전개됩니다.]
'우주의 공포'가 발동했다.
곧장 '악신의 파편'의 힘을 개방했다.

[악신의 시선]

[태양이 사라진 세계]

[이 힘은!]

목소리가 경악했다.

거기서 멈추지 않고, 이번엔 '우주의 공포'의 힘을 개방했다.

[이차원의 악마]

가상 우주에 커다란 균열이 번지며, 흉측한 손이 튀어나왔다.

여인의 목소리가 믿을 수 없다는 듯 중얼거렸다.

[대, 대체 어떻게 이런 존재들의 힘을 다룰 수 있는 거지?]

아무래도 아포피스의 존재도, 이차원의 악마에 대해서도 알고 있는 모양새였다.

이해가 안 갔다.

이차원의 악마는 모르겠지만, 아스가르드의 신이 아포피스와 오델론에 대해 아는 건 이상했다.

요르문간드조차 아포피스에 대해 뱀의 모습을 한 악신 정도로만 알고 있었다.

'설마?'

순간 어떠한 생각이 머릿속을 스쳤다.

이 멍청이.

아스가르드에서 아포피스와 오델론을 알 만한 신은 단

둘밖에 존재하지 않는다.

그리고 이곳은 여인 왕국 발키리.

프레이야를 섬기는 자들이 모여 있는 나라였다!

"프레이야인가?"

[네놈 따위가 나의 이름을 부르지 말지어다.]

"맞다 이거지?"

그런데 나를 왜 공격…….

나는 이 또한 멍청한 생각임을 깨달았다.

지금 내가 사용하고 있는 스킬이 바로 '발키리 킬러'였다.

발키리란 원래 프레이야가 이끌던 여전사 집단.

그녀에게 있어 오델론은 천하의 죽일 놈이었다.

[놀라운 존재들의 힘을 사용한다만, 그래 봐야 반신 수준이로구나. 그만 꺼져라.]

프레이야의 에너지 덩어리가 그대로 낙하했다.

나는 급소를 꿰뚫린 채라 쉽게 움직일 수 없었다.

하지만 나는 웃었다.

크와아아아아아!

끝장나게 강력한 악마가 이 땅에 강림했다.

이차원의 악마가 괴성을 내질렀다.

프레이야의 신력이 사방으로 흩어졌다.

이곳에선 겪을 수 없는 타 차원의 마기가 발키리 왕국을 침범했다.

[대체 이 존재는?]

반신 수준이라고 무시하던 프레이야가 경악했다.

이차원의 악마는 소환자인 나조차 통제할 수 없는 무차별적 괴물.

그 힘이 어느 정도인지 나조차 가늠할 수 없었다.

그냥 알고 있는 것이라곤 너무나 강력해 소환했다간 나조차 위험에 빠진다는 것뿐.

'진짜 신에 비하면 아직은 좀 떨어지겠지만.'

발목을 붙잡고 늘어지는 것 정도는 해 주리라.

이차원의 악마가 프레이야를 향해 날개를 펄럭였다.

검은 궤적이 허공을 격했다.

[큭!]

키에엑!

깡마른 듯한 팔과 주먹이 프레이야의 배를 노렸으나, 교차된 양팔에 막혔다.

하나 완전히 막는 건 불가능했는지, 프레이야가 하늘 높이까지 밀려났다.

[건방진!]

프레이야가 신력을 뿜어냈다.

무엇보다 날카로운 창이 되어 악마를 향해 비처럼 쏟아졌다.
악마가 날개를 크게 펼쳤다.
박쥐와 같은 피막 날개가 점점 부풀어 올랐다.

키에에에에엑!

쩌정-!
공간에 균열이 번졌다.
신력의 비가 균열을 뚫지 못하고, 그대로 벌어진 틈으로 빨려 들어갔다.
[저것은 무엇이란 말이냐?]
"나도 모르겠는데?"
[이놈!]
나는 악마에게 정신이 팔려 있는 프레이야의 뒤를 점했다.
그녀가 다급히 반응했지만, 내 공격이 먼저였다.
[빛과 어둠의 충돌]
사전에 준비한 1차 오의가 거세게 충돌하며, 끔찍한 공명을 일으켰다.
[역겨운 힘을!]
뒤섞인 빛과 어둠이 커다란 구체가 되어 프레이야를 뒤덮었다.
[오델론이 모자라다고 말합니다.]

그런 것쯤은 알고 있었다.

왼손에 '화이트 쉘'을 뭉쳤다.

프레이야가 별다른 피해 없이 모습을 드러냈다.

'빛과 어둠의 충돌'에 당하면 원래 존재 자체가 소멸해야 하지만, 프레이야는 지금의 나보다 훨씬 강력한 신격.

소멸을 무시한 것이다.

그렇다고 데미지가 없는 건 아니었다.

"이것도 먹어라!"

[버러지 같은 놈이!]

화이트 쉘이 새하얀 광선을 내뿜었다.

동시에 악신의 파편의 어둠을 일으켰다.

[어둠 파먹기]

어둠이 빛을 잠식해 그대로 갈라 버렸다.

프레이야의 손에 뭉친 신력이 어둠 파먹기에 저항했다.

그녀는 고운 얼굴을 찌푸리며 내게 호통 쳤다.

[신격이 돼서 그런 역겨운 괴물 뱀의 힘을 쓰다니!]

신력이 대량으로 폭발하며 어둠을 억지로 소멸시켰다.

[자격이 없는 놈. 이곳에서 사라져라!]

"나만 상대가 아닐 텐데?"

[이런……!]

어느새 나타난 이차원의 악마가 프레이야를 공격했다.

나는 그 틈에 두 존재와 거리를 벌렸다.

가까이 있다가 악마에게 공격당했던 적이 한두 번이 아

니었다.

'내가 맞춰야 해.'

악마가 공격하는 틈과 공격당하는 틈을 유심히 보고, 잘 끼어들어야 한다.

고난도 작업이지만, 여러 번 해 본 적이 있어서 충분히 할 만했다.

프레이야가 악마를 걷어찼다.

반전 세계+점멸로 기척을 숨긴 다음 깍지 낀 손으로 프레이야의 뒤통수를 내려쳤다.

[큭!]

악신의 파편을 가로로 눕혀 등을 노렸다.

"이런!"

뜬금없이 옆에서 신력이 덮쳐 왔다.

"크아아악!"

신력의 급류에 휩쓸려 그대로 지상까지 낙하했다.

쾅 하고 건물을 뚫고 바닥에 처박힌 나는 약간의 고통에 신음을 흘렸다.

강력한 기척이 나를 향해 빠르게 쏘아져 온다.

[리히트 소일레]

바닥에 손을 짚었다.

빛이 뭉치며, 기둥이 되어 높게 솟아올랐다.

기척이 사라졌다.

[무르다.]

오른쪽을 돌아보자 프레이야가 서 있었다.

내가 검을 휘두르려 하자 그녀가 먼저 손을 움직였다.

퍽-

"커헉!"

콰당탕!

몇 개의 벽이 허물어지며 바닥을 굴렀다.

프레이야가 내 쪽으로 걸음을 옮길 때 악마가 하늘에서부터 그대로 떨어져 내렸다.

[귀찮은 악마 놈.]

그녀가 악마의 떨어지는 궤도를 확인하고, 한 발짝 뒤로 물러났다.

악마가 2미터 정도 떨어진 지점에서 날개를 펼쳐 하강 속도를 급히 줄였다.

그 여파로 주변 건물이 모조리 쓸려 나갔다.

사람들의 비명이 끊이질 않았다.

[네놈 때문에 인명 피해가 극심하구나.]

지가 먼저 자신을 믿는 신도들을 죽였으면서.

어이가 없었지만, 충격이 커서 목소리가 나오지 않았다.

[어디에 사는 놈인진 모르겠으나, 보는 것조차 불쾌하니 빠르게 끝장내 주마.]

끼요오오오오옷!

[울음소리마저 불쾌하다.]

악마가 얇고, 뾰족한 꼬리를 휘둘렀다.

아직 남은 건물 잔해들이 반듯하게 베였다.
[잔재주는 좋구나.]
프레이야 주변에 둥근 장막이 펼쳐졌다.
꼬리는 장막까진 베지 못했다.
프레이야가 땅을 박찼다.
순식간에 악마와 거리가 좁혀졌다.
주먹이 악마의 가슴을 꿰뚫었다.
그대로 위로 주먹을 들어 장기들을 파괴하고, 목구멍 너머로 뽑아냈다.
[번개화+번개의 길]
찰나지간 푸른빛의 길이 프레이야 바로 옆에 만들어졌다.
[몇 개의 힘을 가지고 있는 것이냐?]
뇌전의 신력이 푸른빛의 길을 황금색으로 물들였다.
"글쎄?"
[네놈은 오델론에 비하면 쓰레기에 불과하다.]
"부정은 안 하지만."
검극에 검은 점이 맺혔다.
"그렇다고 무시받을 정도는 아닌데!"
[흑점:소드 블랙홀]
프레이야의 빈손이 칼날을 붙잡았다.
"미안하지만, 그래도 스킬은 발동하거든."
[흡!]

강력한 중력이 프레이야를 끌어당겼다.

키에에엑!

이차원의 악마가 틈을 놓치지 않고 팔에서 벗어났다.

악마가 양손을 펼쳤다.

색을 알 수 없는 불길한 힘이 거품처럼 모여들었다.

"인마! 구해 줬는데 나까지……!"

이대론 휩쓸린다.

프레이야가 힘겹게 웃으며 말했다.

[놔줄 것 같으냐?]

"…내가 놓으면 되는데?"

[뭐?]

검에서 손을 놨다.

내구도 무한의 검은 그 어떤 공격이라도 파괴되지 않는다.

중력이 사라졌다.

프레이야는 몸이 자유로워진 걸 느꼈지만, 이미 늦었음을 깨달았다.

"바이."

점멸을 사용했다.

이차원의 악마가 강력한 광선을 쏘았다.

그날 발키리 왕국에 세로 600미터, 가로 100미터의 구덩이가 만들어졌다.

☦ ☦ ☦

 점멸로 거리를 벌렸는데도 충격파에 밀려 왕국 밖으로 나가떨어졌다.
 "소환이 해제됐어."
 방금 그 힘으로 유지 시간을 몽땅 쓴 모양이었다.
 그야말로 경천동지할 위력이었다.
 이 정도라면 팔왕과 대등할 정도의 위력이었다.
 '지금 수준은 팔왕과 비슷하다고 봐도 되려나?'
 상위권은 힘들고, 중하위권 정도라면 충분히 가능할 듯싶었다.
 문제가 있다면.

 [이노오오오옴!]

 프레이야가 살아남았다.
 마음 같아선 그대로 죽었으면 싶었는데, 전투 계열의 신에게 이 정도는 어림도 없는 모양이었다.
 "신격치고 생각보다 약하긴 해도."
 팔왕과 비슷하거나, 그 이상으로 추정되는 프레이야였다.
 "꺼내야겠는걸?"
 로키가 자꾸 걸려서 '갓킬러'를 꺼내지 않고 있었다.

상황이 여기까지 몰린 이상 아낄 때가 아니었다.
인벤토리에서 장난감 같은 갓킬러를 꺼냈다.
팔에서부터 황금빛 에너지가 배에 스며들었다.
[GODKILLER가 작동을 시작합니다.]
[반드시 찾아서 찢어 죽여 주마!]
프레이야는 화가 잔뜩 난 모양이었다.
"어디 한번 너 죽고, 나 살아 보자."
[오델론이 쉽지 않을 거라 예상합니다.]
"상대가 신인데 쉬운 게 말이나 됩니까? 완전 하드코어 난이도지."
[오델론이 부정하지 않습니다.]
"젠장."
아스가르드에 오고부터 자꾸 신적 존재들과 얽힌다.
좋은 현상이 아니었다.
지금 내 수준에서 신과 얽힌다면, 원하는 바를 이루지 못할 가능성이 매우 높았다.
"이쯤 되니 나도 더는 못 참아."
도망칠 궁리 따윈 하지 않을 것이다.
갓킬러가 본연의 크기를 되찾았다.
[거기구나!]
프레이야의 모습이 보였다.
이차원의 악마의 공격에 적잖은 피해를 보았는지, 꽤 너덜너덜해 보였다.

나는 앞에 뜬 조작 홀로그램을 보았다.

큰 공격은 먹히지 않을 것이다.

"일단 타자."

점멸로 배에 올라탔다.

엄청난 크기였지만, 높이가 있다 보니 세상이 한눈에 보였다.

프레이야가 신력을 넓게 퍼트려 화살처럼 쏘아 낼 준비를 하는 모습도 보였다.

[뭐 하는 배인진 모르겠지만, 통째로 지워 주마.]

"이걸로 하자."

그녀의 선언을 한 귀로 흘리고 마지막 줄 두 번째 능력을 선택했다.

[데스 사이드 Ver 1.7]

[타깃 Lock On]

[여성 신격체-중급 2]

[소거를 시작합니다.]

그것은 새까맣고, 거대한 낫이었다.

프레이야의 등 뒤에 나타난 낫은 상상을 초월하는 불길함을 담고 있었다.

프레이야가 그 기운을 못 느낄 리 만무했다.

[이, 이건 뭐야?]

낫이 움직였다.

프레이야의 신력이 정면으로 모여 두꺼운 벽이 되었다.

나는 입을 쩍 벌렸다.

신력의 벽이 종잇장처럼 잘렸다.

그 뒤에 있는 프레이야까지도.

[컥!]

짧은 단말마였다.

상체와 하체가 비스듬히 나뉜 프레이야가 그대로 입자가 되어 사라졌다.

엄청나게 많은 알림이 눈앞에 떠올랐다.

[최초로 '완전한 신격'을 살해했습니다!]

[아스가르드의 모든 신이 당신의 존재를 눈치챘습니다!]

[칭호 '신살자(神殺子)'를 획득했습니다!]

[칭호 '역천(중급)'을 획득했습니다!]

[구원의 신격이 당신의 존재를 의심합니다.]

[그와 별개로 대량의 신력이 당신에게 흡수됩니다.]

[당신의 신격이 증가합니다.]

[신력의 총량이 증가했습니다.]

[칭호 '반신격(하급)'이 '반신격(중상급)'으로 격상됩니다.]

[대량의 경험치를 획득했습니다.]

[레벨 업!]
[레벨 업!]
[레벨 업!]

.

.

.

나는 믿을 수 없는 눈으로 알림창들을 보았다.
설마 신을 죽일 줄은 몰랐다.
아까 전의 생각은 그냥 각오 정도였을 뿐이었다.
어안이 벙벙해졌다.
"이 배… 대체 뭐야?"
전생에 갓킬러의 주인은 이 정도로 엄청난 위력을 선보이지 않았다.
'아니, 엄청나게 강하긴 했지만, 아무리 생각해도 신을 한 방에 죽일 정도는…….'
피해가 누적되었다고 해도 신격은 신격이었다.
"이름값은 하네……. 후! 이러고 있을 때가 아니지."
아스가르드의 신들이 나에 대해 알게 됐다는 알림이 왔다.
프레이야를 죽인 이상 그 감정이 좋은 건 아닐 것이다.
급히 배를 원상 복귀 시키고, 자리를 떴다.

잠시 후.

두 명의 신이 반쯤 폐허가 된 발키리 왕국 상공에 나타났다.

서로 빛을 상징하며, 동시에 정의를 추구하는 신 발두르와 지혜를 추구하는 신 헤임달이었다.

"프레이야가 죽었소."

"그런 것 같군."

"그자는 대체 무엇이지?"

"그 이전에. 그 배는 대체 무엇인지부터 파악해야겠지."

헤임달은 아스가르드의 문지기도 역임하고 있었는데, 그는 아스가르드 전체를 한눈에 볼 수 있는 권능을 타고났다.

그 권능은 때로 과거와 미래의 일부를 엿볼 수 있었다.

헤임달은 불과 몇 분 전까지 이곳에서 있던 과거를 살펴보았다.

그의 눈이 오색 빛으로 물들었다.

"…엄청난 힘이군."

"과거를 보셨소?"

"아주 일부나마, 프레이야가 당하는 모습을 보았다."

헤임달이 작게 신음했다.

발두르가 답답함에 재촉했다.

"어떠했소?"

"사악하고, 불길한 낫이었다. 아주 커다란."

"낫?"

"그녀의 신력을 종잇장처럼 베고, 신체(神體)를 마찬가지로 손쉽게 베었다. 그대로 소멸했다."

헤임달이 눈을 감았다 다시 눈을 떴다.

오색 빛이 한 차례 더 반짝였다.

이번엔 미래의 일부를 보기 위함이었다.

그의 눈동자가 크게 떨려 왔다.

"이그드라실이 무너진다!"

그가 본 미래 속에서 세계수가 쓰러지고 있었다.

그곳엔 프레이야를 죽인 배 또한 존재했다.

✟ ✟ ✟

로빈손 일행이 첨탑에 도착했다.

꼭대기로 올라가자 얇은 지지대에 고정되어 있는 구슬이 보였다.

"마력의 잔재가 이곳에서 끊겼어."

"로그아웃한 거 아니야?"

"이 방을 보면 그런 것 같진 않아. 특히 저 구슬."

로빈손의 눈꼬리가 휘었다.

바이롱이 굵직한 목소리로 말했다.

"마력을 불어넣으면 되나?"

"내가 해 볼게요."

홍일점 마법사 새나가 구슬에 손을 올렸다.

푸른 마력이 구슬에 스며들었다.

구슬이 밝게 빛나며 허공에 창 하나가 떠올랐다.

[신화가 살아 숨 쉬는 대륙 '아스가르드'로 이동하시겠습니까?]

"이곳이 아스가르드로 향하는 입구였군!"

현재 아스가르드 대륙에 진출한 유저는 거의 없었다.

그마저도 아스가르드로 가는 법을 공유하지 않았다.

최초로 아스가르드에 발을 들인 알딘 역시 마찬가지였다.

"이런 곳에 숨겨 뒀었단 말이지?"

"잠깐. 그럼 배를 가져간 유저가 아스가르드로 가는 법을 알고 있었다는 거잖아?"

"설마 알딘 아니야?"

마지막 동료의 말에 첨탑에 정적이 찾아왔다.

그들은 서로의 눈치를 살피다 로빈슨을 보았다.

알딘이란 두 글자는 그 정도로 위압감 있는 이름이었다.

세계 최강의 사나이니 당연하다면 당연했다.

로빈슨이 고개를 저었다.

"그럴 리가 없어. 알딘이 뭐가 아쉬워서?"

"하지만 알딘이라면 배의 존재를 아는 것도 이상하지 않아."

아이잭의 말에 모든 이들이 공감을 표했다.

언제나 선두에 서서 새로운 걸 개척하는 유저가 바로 알딘이었다.

그라면 충분히 배에 대해 알 수도 있었다.

실제로도 그러했다.

로빈손은 약간 표정이 어두워졌지만, 갓킬러를 얻기 위한 여정을 생각하면 포기할 수 없었다.

"상대가 알딘이라도 상관없어. 배만 얻는다면 알딘도 우릴 어쩔 수 없을 거야. 그리고 진짜 알딘이란 보장도 없잖아."

"그렇긴 한데……."

차마 '알딘 말곤 지금 거기서 놀 만한 유저도 없잖아.'라는 말은 하지 못했다.

로빈손의 말대로 다른 사람일 수도 있었으니까.

"가자고."

모두가 'Yes'를 눌렀다.

빛이 번쩍이며, 첨탑의 꼭대기엔 아무도 존재하지 않았다.

갓킬러를 타고 이동하니 순식간에 이그드라실 바로 앞에 도착할 수 있었다.

"엄청나게 빠른 이동 수단이었네?"

너무 큰 탓에 눈에 띌까 봐 조용히 움직였었다.

이 정도 속도라면 굳이 숨길 필요가 없었다.

나는 갓킬러에서 내리고, 작게 축소시켜 인벤토리에 집어넣었다.

숨기려고 그런 게 아니라 지금부턴 이그드라실의 '지하'로 내려가야 하기 때문이다.

"후우! 할 수 있어."

일단은 미미르의 샘부터.

나는 세계수의 거대한 뿌리로 인해 생긴 절벽을 보며 마른침을 삼켰다.

그렇게 뛰어내렸다.

※ ※ ※

미미르의 샘은 절벽 가장 아래 있는 거대한 동굴을 통해 진입할 수 있었다.

본격적인 지하 세계 탐방의 시작점이기도 했다.

나는 깜깜한 동굴을 보며 빛을 만들었다.

주변 풍경이 밝아졌다.

엄청난 규모의 동굴이었다.

압도되는 사이즈였지만, 주변 풍경을 보자 저절로 눈살이 찌푸려졌다.

크고 작은 뼈들이 곳곳에 널브러져 있었다.

동물의 것도 있었고, 사람의 것도 있었다.

"시작부터 살 떨리게 만드네."

미미르의 샘은 뿌리 끝에 존재한다.

그리고 이 동굴은 이그드라실의 뿌리였다.

그것도 가장 거대한 세 개의 뿌리 중 하나다.

미미르의 샘을 포함해 이그드라실엔 총 세 개의 샘이 있었다.

모든 샘은 미미르의 샘처럼 가장 끝에 존재했는데, 모두가 특수한 세상에 속해 있었다.

미미르의 샘의 경우엔 '요툰헤임'이었다.

"거인들의 나라, 요툰헤임."

이곳은 요툰헤임의 거인들이 오가는 뿌리 통로.

"뼈들의 상태를 보면 꽤 오래됐어."

거인들이 바깥 외출을 거의 하지 않았다는 증거였다.

불현듯 알 수 없는 불안감이 엄습했다.

"설마 나타나는 건 아니겠지?"

요툰헤임의 거인들은 일반적인 거인족과는 차원이 다르다.

그들은 전원이 최소 반신격급의 존재였으니까!

하나씩이라면 몰라도, 다수와 맞닥뜨리면 절대 감당할 수 없다.

프레이야 때보다 훨씬 위험해지는 것이다.

"빨리 통과하자."

나는 동굴을 번개화로 빠르게 관통할까 하다가 문득 이런 생각이 들었다.

"배의 크기를 조절한다면?"

꼭 크게 만들 필요가 있을까?

혹시나 싶어 미니어처 크기로 작아진 갓킬러를 꺼냈다.

"확장."

황금빛 기운이 흡수됨과 동시에 배가 점점 커졌다.

그러다 승용차 정도 크기가 될 무렵 힘의 공급을 뚝 끊었다.

"된다."

나는 기분 좋게 웃음을 흘렸다.

✣ ✣ ✣

본연의 크기일 때보다 속도는 느렸지만, 지금의 갓킬러도 충분히 빨랐다.

나는 오픈카를 탄 것처럼 시원하게 동굴을 질주했다.

그렇게 한참을 달렸을까.

저 멀리 빛이 보였다.

동굴의 끝이었다.

"야호!"

신나게 환호성을 질렀다.

갓킬러 컨트롤에 익숙해지니 이런저런 개인기도 펼칠 수 있었다.

어차피 떨어질 가능성은 없으니까.

"이거라면 펜릴한테까지 쉽게 갈 수 있겠는걸?"

기분이 들떴다.

암담하기만 한 현실에 한 줄기 광명이라도 떨어진 기분이었다.

그렇게 출구에 도달했다.

퍽-!

[시끄러워……]

거인이 파리채 블로우로 갓킬러를 후려쳤다.

로키는 뜨거운 열기에 상의를 모조리 벗었다.

마음 같아선 아예 나신이 되고 싶었지만, 그건 신의 격을 떨어트리는 짓이라 차마 할 수 없었다.

"진짜 죽겠네."

현재 로키는 무스펠하임이었다.

긴눙가가프로 가려면 이곳을 거쳐야 한다.

니플헤임은 완전히 반대편이기 때문이었다.

"그보다 프레이야가 죽었던데 정말 괜찮나 모르겠네."

프레이야는 아스가르드로 오며 격이 낮아지긴 했지만, 발키리의 수장이 어딜 가는 건 아니었다.

당장 자신보다 더 강한 그녀였다.

그런데 마마야루 대륙에서 건너온 반신에게 당했다.

아마도 그 배를 이용한 것 같았다.

"나도 죽으면 어쩌지?"

처음엔 죽을 거란 생각은 하지 않았으나, 신격 하나가 소멸하니 생각이 달라졌다.

'토르가 없는 이상 진짜 위험할 것 같은데 말이야.'

토르는 아스가르드 최강의 신이었다.

프레이야의 전성기 힘으로도 감히 토르에겐 대적할 수 없었다.

그라면 신살조차 가능한 배를 제압할 수 있으리라.

"지금이라도 다시 불러?"

로키가 고개를 저었다.

그랬다간 반신에게 당하기 전에 토르한테 머리가 으깨질 것이다.

"가서 생각하자고. 여차하면 부를 수 있으니까."

이그드라실의 통제권은 아스가르드의 신족에게 있다.

원한다면 바로 이곳으로 이어지는 워프를 만들 수 있었다.

문지기 헤임달의 허락이 떨어지긴 해야겠지만, 반신의 출현이라면 분명히 허락해 줄 것이다.

로키가 땀을 닦으며 다시 출발했다.

그 순간이었다.

"흐억!"

엄청난 돌풍이 무스펠하임을 휩쓸었다.

그러자 엄청난 광경이 펼쳐졌다.

"이게 무슨 일이야?"

무스펠하임의 불길이 모조리 얼어붙었다.

붉은 땅덩이가 하얗게 세어 빙판이 되었다.

로키는 영문을 알 수 없는 상황에 주변을 살펴보았다.

특별히 대단한 건 보이지 않았다.

"니플헤임에서 불어온 바람인가?"

이 추측이 사실이라면 정말 중대한 사건이었다.

무스펠하임의 열기와 니플헤임의 한기는 동급을 이루어 절대적인 균형을 이루었다.

그러나 한쪽 균형이 무너진다면 이그드라실의 지하 세계는 버티지 못하고, 극한이 되었든 극열이 되었든 강력한 자연력에 의해 파괴되리라.

"신들은 이 사실을 알고 있나?"

로키가 하늘로 날아올라 곧장 니플헤임 쪽으로 속도를 높였다.

그리고 그는 발견할 수 있었다.

까마득한 크기의 '하얀 거인'을.

그것이 내뿜는 냉기의 숨결을.

모든 것이 얼어붙기 시작했다.

✠ ✠ ✠

지끈거리는 머리를 붙잡고 자리에서 일어났다.

갓킬러는 다행히 파괴되지 않았다.

나는 얼굴을 찡그리며 눈앞의 거인을 보았다.

"젠장! 거인이 여긴 왜?"

[요란하게도 오더군, 인간.]

거인이 나른한 얼굴로 말했다.

원시인처럼 천으로 중요 부위만 가린 거인은 눈을 비볐다.

매우 졸린 것 같았다.

'죽여야 하나?'

딱 봐도 쉬워 보이는 상대는 아니었다.

다행인 것은 보이는 모습과 다르게 프레이야처럼 강력한 신격은 아니었다.

이 정도면 갓킬러의 힘으로 충분히 쓰러트릴 수 있다.

그렇게 마음먹은 나는 곧장 황금빛 힘을 일으켰다.

[진정해라, 인간. 별로 싸울 생각은 없으니까.]

"뭐? 그럼 지나가는 나를 왜 공격한 거야?"

어이가 없어 따지듯 묻자 거인이 어깨를 으쓱였다.

[자고 있는데 시끄럽잖아.]

"이런 시발!"

지금 나랑 장난치는 것도 아니고.

내가 험악하게 나오자 거인이 느릿하게 손을 저었다.

[싸우고 싶진 않다니까 그러네.]

"선빵 제대로 쳐 놓고 싸우고 싶지 않다고 하면 내가 '아, 그렇군요. 하하!' 하고 넘어갈 줄 알았냐?"

이래 봬도 맞고는 못 사는 성격이었다.

맞은 이유가 지금처럼 어처구니가 없으면 더욱이!

[네가 그렇게 나오면 불리한 건 너야.]

"네가 친구를 불러도 그 전에 너 하나 죽이고 튈 자신은 있단다."

[자신감은 좋은데, 이건 너를 위해 하는 말이야. 프레이야를 죽인 반신아.]

거인은 내 정체를 알고 있었다.

내가 눈을 좁히자 거인이 말을 이었다.

[어쨌든 뭐, 시끄러워서 친 것도 있지만, 너한테 해 줄 말이 있어서 막은 것도 있어.]

"해 줄 말?"

거인에게 들을 말은 없었다.

[아구로에게 들었거든. 미미르의 샘으로 향하는 반신이 하나 있다고?]

"그 양반이 말했다고?"

불과 아까 헤어진 엘프 마을의 촌장이 요툰헤임과 내통하고 있었단 말인가?

[진정해. 우린 너의 적이 아니야.]

"젠장! 좀 알아듣게 천천히 설명해."

[일단 우린 아스가르드의 신족을 별로 안 좋아하거든. 아구로도 우리가 너흴 도와줬으면 좋겠다고 하더라고.]

"이유가 뭐지?"

[너라면 이그드라실을 무너트릴 수 있다나 뭐라나.]

나는 아구로에게 정확한 목적지도, 목적도 밝히지 않았다.

"내가 이그드라실을?"

[계시에서 봤다고 했다. 정확히 너인지는 모르겠지만, 모험가란 존재가 이그드라실을 무너트려 세상의 경계를 허물 것이라고.]

처음엔 이해가 안 가는 말이었다.

그러다 문득 한 가지 깨달음이 왔다.

'설마 이거 퀘스트의 흐름?'

아무래도 맞는 것 같았다.

아스가르드의 퀘스트 중엔 사건의 흐름에 따라 창이 뜨지 않고 자연스럽게 진행되는 퀘스트가 존재한다고.

느낌상 지금 나는 이그드라실 파괴와 관련된 퀘스트에 탑승했다는 걸 알 수 있었다.

확신할 수 없지만, 직감은 정답을 가리켰다.

[그래서 우리 거인족은 널 도와 세상의 경계를 허물 생각이다. 그리하여 오만한 신족을 땅에 떨어트릴 생각이다.]

"…나는 딱히 이그드라실을 무너트릴 생각은 없는데."

[타 대륙에서 온 반신아, 그건 네가 원한다고 되는 게 아니다. 계시란 결국 지켜지는 것.]

"내가 이대로 돌아간다면?"

[언제가 되었건 결국 넌 다시 이곳에 오겠지. 그게 아니면, 이그드라실을 무너트리는 모험가란 존재가 네가 아닐 수도 있고. 그렇다면 나는 여기서 계속 기다릴 뿐이다.]

계시의 주인공은 아마 나일 게 분명했다.

하지만 그래선 안 되었다.

만약 계시대로 간다면 나는 펜릴을 설득하는 데 실패하는 게 된다.

'이대로 진짜 무너트려 버려?'

아스가르드는 사이드 격 스토리다.

세계수를 무너트리는 것도 제법 재밌으리라는 생각이 들지만, 그건 많은 NPC의 인명 피해를 초래할 것이다.

나는 그 정도로 지독한 성격이 아니었다.

"일단 너희가 날 어떻게 도와줄지 들어나 보자고."

당장은 계시대로 진행될지 확실하지 않은 상황.

요툰헤임의 거인들이 날 어떻게 도와줄지는 모르나, 뽑아 먹을 게 있다면 최대한 뽑아 먹을 생각이었다.

[너의 목적을 말하라. 그에 맞춰 힘을 보태 주지.]

요툰헤임의 거인들이 내 목적을 위해 움직여 준다면 일정이 매우 쉬워진다.

하지만 난 그 말을 믿지 않았다.

정확히는 거인이 하는 말은 진심일지언정, 목적을 듣고 난다면 적의를 보일 가능성이 높았다.

그래서 제안했다.

"너희를 확실히 믿을 수 없다. 그러니 계약서를 작성해라."

[계약서?]

"갑자기 말 바꾸면 어떡해? 나만 손해를 입는 거잖아."

[흐음.]

계약서라는 말에 거인이 고민하는 기색을 보였다.

"싫으면 말고."

[나 혼자 결정할 수 있는 사항이 아니다. 날 따라오라. 우리들의 왕에게 안내하지.]

"요툰헤임의 왕?"

[그렇다. 우리 서리 거인의 왕, 우트가르트 로키께서 너의 제안을 받을지 말지 결정할 거다.]

북유럽 신화에서 토르를 속여 승리를 거둔 유일한 거인.

그가 바로 요툰헤임의 지배자이자, 우트가르트 성의 주인인 로키였다.

대중적으로 알려진 로키와는 아예 다른 인물로, 겹치는 점이 많아 많은 사람이 헷갈려 했다.

나 역시 전생에 아스가르드 대륙을 경험하지 않았다면 몰랐을 것이다.

신화엔 도통 관심이 없는 편이라서.

"멀잖아?"

[걱정하지 마라. 눈 한 번 깜빡이면 도착해 있을 테니까.]

"…좋다."

효력 있는 계약서만 작성할 수 있다면 나는 천군만마를 얻은 것보다 든든해질 것이다.

[이 손에 올라타라.]

"그 전에 내가 해야 할 일이 하나 있는데."

[무엇이지?]

"미미르의 샘에 갔다 와야 하거든."

[미미르 님에게 볼일이라도 있나?]

미미르는 서리 거인족이 따르는 신은 아니지만, 같은 거인이라는 점에서 꽤 존경받는 신이었다.

미미르의 샘이 요툰헤임과 붙어 있는 이유도 그 때문이란 속설이 있었다.

"그건 지금은 알 필요가 없고."

[…알겠다. 네가 미미르 님을 어쩌진 못할 것 같으니.]

내가 프레이야를 살해할 능력이 있다는 걸 아는데도 저런다는 건, 미미르의 힘이 보통이 아님을 뜻했다.

존재만 알 뿐 나 역시 미미르와 만난 적은 이번이 처음이었다.

"그럼 볼일을 끝내고 다시 이리로 오지."

[기다리겠다.]

"…그렇게 쉽게 믿어도 되는 거야? 내가 도망치는 거면 어떡하려고?"

[생각해 본 적 없다. 널 믿으니까.]

이것 참.

저렇게 말하면 튀고 싶어도 튈 수가 없잖아.

나는 괜히 찝찝함을 느끼며 다시 갓킬러를 몰고 미미르의 샘으로 향했다.

✢ ✢ ✢

아름다운 수정 석굴이었다.

찬연한 오색 빛깔의 수정들이 사방에 박혀 발광하는 광경은 가히 현실에서 볼 수 없는 진풍경이었다.

바닥과 벽은 또 어찌나 거울 같은지.

슬쩍 보았을 뿐인데 모공까지 깔끔하게 보였다.

그래서 괜히 부담스러웠다.

"4K도 아니고."

나는 괜히 얼굴을 문지르며 수정 석굴의 끝까지 걸어갔다.

그리고 추레한 노인을 발견할 수 있었다.

민머리에 머리카락 몇 올이 툭 튀어나와 있고, 검버섯은 잔뜩 피어 변색되었으며, 수염은 지저분하게 길어 흑과 백이 뒤섞여 있었다.

"너는 누구냐?"

노인이 눈도 제대로 안 뜬 채 물었다.

최대한 공경하게 답했다.

"알딘이라고 합니다."

"알딘? 들어 본 적 없는 이름인데. 이곳엔 어쩐 일로?"

"혹 어르신의 함자가 미미르이신지요?"

"나를 아는구나."

노인, 미미르가 눈을 떴다.

두 눈동자가 하얗게 바래 생기가 없었다.

이 작고, 금방이라도 쓰러질 것 같은 노인이 지혜의 거신 미미르였다.

모르는 사람이 봤다면 절대 믿을 수 없었을 것이다.

지혜로워 보이지도 않으며, 거신임에도 전혀 크지 않았으니까.

오히려 작으면 작았지.

그러나 그건 고작해야 외관일 뿐.

미미르의 본질은 껍데기 따위에 구애받지 않았다.

"후배가 위대한 지혜의 신을 뵙습니다."

"후배라. 미약하지만 신격은 맞는 것 같지만, 아스가르드의 신은 아닌 것 같군. 자네 같은 얼굴은 본 적 없어."

"마마야루 대륙에서 왔습니다."

"흠! 세상의 중심에서 오셨나?"

미미르의 말처럼 홀리 가디언은 마마야루 대륙이 중심이 되어 흐르는 세계였다.

그러나 아스가르드의 신 중 그것을 인정하는 이는 단 한 명도 없었다.

과연 미미르의 정신이 현세를 초월했다는 걸 반증하는 대목이었다.

"무슨 일이고?"

"오딘의 눈을 받고 싶습니다."

"그건 어렵겠는데."

미미르가 단칼에 거절을 시전했다!

설마 즉답으로 거절할 줄은 몰라 적잖이 당황했다.

'알고 있었잖아? 안 줄 거라는 것 정도는.'

오딘이 세상을 초월하는 지혜를 얻기 위해 제물로 바친 자신의 눈이었다.

미미르가 그런 걸 쉽게 내줄 리가 없었다.

"물론 공짜로 달라는 건 아닙니다. 저도 양심이 있습니다."

"보통 결론 안 될 텐데. 무려 오딘의 눈이다. 아주 긴 세월이 흘러 안에 담긴 힘이 많이 사라졌더라도, 신들의 왕의 격은 고스란히 남아 있다. 자넨 그걸 대체할 물건, 혹은⋯ 신체 부위를 가지고 있는가?"

신들의 왕의 격을 대체할 수 있는 건 세상 전체를 뒤져 봐도 거의 없으리라.

그나마 오랜 세월이 흘러 힘이 거의 소실된 상태라는 게 내게 희망을 주었다.

"있습니다."

"호오!"

"잠시."

인벤토리를 열었다.

이날을 위해 한 달 전에 아주 힘겹게 구했다.

사용한 돈만 한화로 10억에 달했고, 투자한 시간은 거의 100시간이었다.

이거라면 미미르도 거래를 승낙할 수밖에 없으리라.

"이겁니다."

[전설의 드래곤 로드의 심장]

등급:신화

종류:강화 아이템

특징:신화시대에 드래곤 일족을 이끈 드래곤 로드의 심장이다. 오랜 세월 방치되어 마력이 모두 소실되었으나, 그 격은 온전히 남아 유지되고 있다.

격만 따진다면 신들의 왕 오딘을 넘어설 수 없으나, 장기의 중요 가치를 따졌을 때 심장은 분명 눈보다 중요했다.

그리고 격 자체도 심장의 주인이었을 드래곤 로드가 밀

리지 않았다.

신화시대를 주름잡던 신족, 악마족과 함께 3대 종족이라 불린 드래곤의 왕의 것이다.

비록 삼파전에서 가장 먼저 탈락했지만, 로드의 힘은 천신마저 두려워했다고 전해지고 있다.

"호오! 설마 그 괴물 용의 심장을 여기서 보게 될 줄이야!"

"알고 있습니까?"

"알다마다. 오래전, 한 번 마주한 적이 있었지. 머리에 세 개의 뿔을 단 황금의 용이었는데 엄청나게 강했어. 아스가르드의 신들에게 도움을 요청하려고 왔었는데 말이야. 결국 거절당해 우리와 한바탕 전투를 벌였던 적이 있었다."

"누가 이겼습니까?"

"우리가 이기긴 했는데 그냥 쪽수로 밀어붙인 격이지, 뭐. 사실상 파괴력은 그쪽이 더 높았어. 오딘과 토르가 한 발짝 물러날 정도였으니까."

신화시대의 드래곤 로드가 무식하게 강하긴 한 모양이었다.

"그래. 그자의 심장이라면 충분히 교환할 가치가 있어."

미미르가 자리에서 일어났다.

그러자 키가 쑥 하고 커졌다.

"우와!"

깜짝 놀라 소리를 질렀다.

미미르가 씩 웃더니 뒤쪽으로 걸음을 옮겼다.

그가 오른손을 허공에 휘젓자, 허공이 일그러지며 바닥에 거대한 샘이 만들어졌다.

벽에 살짝 난 구멍에서 쪼르르 흐르는 물은 척 보기에도 굉장히 맑아 보였다.

"따라오게."

미미르를 따라 샘으로 걸어갔다.

미미르의 샘, 혹은 지혜의 샘이라 불리는 이 샘은 거울처럼 투명했다.

그 중앙에 탱탱볼 크기의 공이 떠 있었다.

색깔은 까맸는데, 보자마자 오딘의 눈이라는 걸 직감했다.

"저겁니까?"

"자네는 저걸 가지고 뭘 할 생각인가?"

내 질문에 답하지 않고, 미미르가 역으로 질문했다.

나는 그를 슬쩍 보았다.

나보다 몸통이 하나 더 있는 크기라 고개를 높이 들어야 했다.

"꼭 말해야 합니까?"

"그건 아니지만, 나는 왠지 알 것 같군."

"별로 궁금하진 않으니 묻지 않겠습니다."

"자넨 꽤 재밌는 친구야."

무슨 뜻으로 한 말인지 모르겠지만, 대꾸하지 않았다.

그저 재차 질문했을 뿐이다.

"저 눈이 오딘의 눈입니까?"
"대답은 했지 않나?"
"언제… 아."
그러고 보니 미미르는 저것을 가지고 뭘 할 거냐고 물었다.
즉, 저 검은 공이 오딘의 눈이라는 뜻이었다.
괜히 민망해 헛기침을 했다.
"심장을 샘에 담그게."
"알겠습니다."
심장을 조심스럽게 샘에 집어넣었다.
그러면서 슬쩍 물을 만져 보려는데.
"건들지 말게. 자네가 샘에 닿는다면 무슨 일이 일어날지 나도 짐작할 수 없으니."
무슨 뜻이냔 얼굴로 미미르를 보았으나, 그는 쳐다만 볼 뿐 대답해 주지 않았다.
그때 샘의 물이 심장 속으로 빨려 들어가기 시작했다.
동시에 새까만 오딘의 눈이 점점 하얗게 변해 갔다.
"사람들은 이 샘을 두고 지혜의 샘이라 부르지. 참으로 웃긴 이들이야. 내가 지혜롭다고 해서 내가 지키는 것까지 지혜로운 건 아닌데 말이지."
"오딘은 이 물을 마시고 지혜를 얻었다고 알고 있습니다만?"
"오딘은 이 물을 마시지 않았어."
"예?"

"내 생기를 먹은 거야. 거기에 담긴 내 지혜를 흡수한 거지."

나는 충격받은 눈으로 미미르를 보았다.

진짜 신화가 아님에도 한 번 비튼 반전은 꽤 놀라웠다.

미미르가 뒷짐 지고 말을 이었다.

"이그드라실의 세 줄기의 거대한 뿌리 끝엔 각각 샘이 존재하지. 내가 지키고 있는 이것과 니플헤임에 존재하는 흐레그겔미르, 아스가르드 나라에 존재하는 생명의 샘. 나는 참 웃기다고 생각하네. 세 개의 샘은 결국 같은 성질을 띠고 있는데 말이야. 껄껄껄!"

"그 말은……."

"오래전, 아스가르드 대륙 그 자체였다는 거신이 존재하지. 그 거신의 이름은 아미르. 그리고 세 개의 샘은 바로."

미미르가 나를 보며 말했다.

"그의 피일세."

거대한 악은 용의 모습이었다.

용은 독을 내뿜었다.

세계수의 뿌리에 기생해 나무 전체를 말려 죽이기 위해 용은 전력을 다했다.

그러길 벌써 몇 해가 흘렀는지 모르겠다.

가끔 찾아오는 못생긴 다람쥐도 요즘은 잘 찾아오지 않았다.

성질 나쁜 독수리 녀석의 위치를 물어 혼내 주러 가야 하는데 말이다.

용은 슬슬 질렸다.

세계수는 죽지 않고, 강력한 생명력을 끊임없이 내뿜었다.

용은 올라가고 싶었다.

어차피 제자리걸음. 잠시 기분 전환을 하고 온다면 새로운 마음가짐으로 세계수를 썩게 만들 수 있으리라.

마음먹은 용이 움직였다.

그 전에, 용은 자신이 감싸고 있는 새까만 샘을 보았다.

오랜 세월 독기에 노출되어 썩어 버린 것이다.

용은 아랑곳하지 않고 샘에 혀를 집어넣어 물을 마셨다.

목도 축였겠다.

용이 지상을 향해 몸을 꿈틀거렸다.

"그렇군요."

"별로 놀라지 않는군."

"아니요. 뭐, 놀라기는 했습니다."

"타 대륙의 신에겐 아스가르드의 창조 신화가 별로 재밌지 않은가 보구만."

"하하."

부정하지 않았다.

이그드라실과 세계가 아미르의 몸으로 만들어졌다는 건 이미 알고 있었으니까.

샘이 사실은 진짜 지혜를 담고 있지 않다는 게 조금 놀랍긴 했지만.

"그러나 문제가 있네."

"무슨 문제입니까?"

"샘을 오염시키는 존재가 있어. 아니, 그 괴물은 세계수 전체를 썩게 만들려고 하지. 샘은 그저 간접적인 영향을 받았을 뿐."

"본론이 뭡니까?"

"급하기는. 오딘의 눈은 그 정화 장치라는 걸세. 말했잖아. 세 개의 샘은 이어져 있다고. 즉, 아미르의 피는 세계수 전체에 흐르며, 나아가 대륙 전체를 아우른다는 말이야."

"한마디로 오염을 정화하지 않으면 아스가르드 대륙 전체가 위험하다는 얘기로군요."

"정답일세."

"그러니까 정화 장치를 오딘의 눈에서 드래곤 로드의 심장으로 교체하는 것이고."

"그 역시 정답."

싱거웠다.

내가 덤덤한 얼굴을 하자 미미르가 피식 웃으며 긴 팔로 오딘의 눈만 꺼내 내게 주었다.

"하지만 정화된다고 해서 완벽한 건 아니야. 그 괴물의 힘은 엄청나, 이렇게 맑아 보여도 손을 넣는다면 존재를 타락시키지."

그래서 넣지 말란 기였구나.

그보다 그런 괴물이라면 역시 하나밖에 떠오르지 않았다.

"그 괴물이 혹시 니드호그?"

"어떻게 알지? 니드호그는 타 대륙의 신격이 알 만한 것이 아닌데."

"어, 어쩌다 보니 알게 됐습니다."

"니드호그는 신족이 기밀로 정해 놓은 존재건만. 이건 확인받아야겠다. 어떻게 알았지?"

니드호그를 언급했을 뿐인데, 미미르가 아까와 전혀 다른 태도를 보였다.

'그게 그렇게 중요한 거야?'

나는 이 상황을 쉽게 타개할 방법이 떠오르지 않았다.

그러다 문득 한 가지 방법이 생각났다. 확실한 건 아니지만, 어쩌면 미미르를 설득할 수 있다.

"사실… 이 검 덕분입니다."

"음?"

나는 아포피스를 천천히 뽑아 들었다.

새까만 검신은 불길하기 짝이 없었다.

미미르가 눈을 부릅떴다.

"악신의 힘이!"

"이 힘의 원주인이 알려 줬습니다."

아포피스가 듣는다면 까무러칠 소리지만, 어차피 힘을 꺼내지 않는 이상 내 말은 듣지도 못했다.

대신 다른 존재가 반응했다.

[오델론이 당신의 같잖은 거짓말에 조소를 짓습니다.]

조용히 해, 이 양반아.

Chapter 5

 사정 설명을 들은 미미르가 알 것 같단 얼굴로 고개를 끄덕였다.
 "일리가 있어. 그 검의 재료가 된 악신과 니드호그는 닮은 면이 꽤 많지. 일단 둘 다 신들조차 우습게 생각할 정도로 강력하니까. 하지만 놀랍군. 악신이 생전에 얼마나 끔찍했는지 알 것 같군."
 미미르가 온몸을 떨었다.
 '악신의 파편'에서 흘러나오는 기운은 그 정도로 불길했다.
 나야 매일 몸에 지니고 있고, 유저 특성상 아이템은 아이템일 뿐이라 잘 못 느꼈지만.
 "그렇죠. 하하."

"악신의 파편을 길들이다니. 자네 정말 놀랍구만. 프레이야를 죽인 것도 그 힘인가?"

역시 미미르도 내가 프레이야를 살해했다는 걸 알고 있었다.

내가 가만히 있자, 미미르는 주름진 입술을 위로 들어 올렸다.

"걱정 말게. 지금의 신들이 죽건 살건 나완 관계없는 일이야."

"그렇게 말씀해 주시니 안심이 되는군요."

"그렇다고 기분이 좋다는 건 아니니, 너무 좋아하진 말게."

"너무 좋아하진 않았습니다."

"한마디도 안 지는군. 하하하!"

"하하."

"아무튼 기다리게나."

미미르가 오딘의 눈으로 손을 뻗었다.

모든 독기를 드래곤 하트로 전이한 눈은 보기 싫을 정도로 또렷한 형태를 하고 있었다.

"받게."

나는 손바닥 위로 내려오는 오딘의 눈을 보며 생각했다.

'그런데 이거… 정화의 힘이란 게 있는 건 맞지?'

요르문간드에게 설명하길 지혜의 샘의 힘을 빨아들여 강력한 정화의 힘을 머금었다고 말하였다.

한데 지혜의 샘은 실제로 지혜를 가지고 있지 않았다.

든 것이라곤 니드호그의 강력한 독뿐이었다.

'독 정화 장치긴 했지만.'

펜릴의 분노까지 감당할 수 있나?

여러모로 전생의 정보가 완벽하지 않아 확신할 수가 없었다.

괜히 계시에 대한 걱정도 생겼다.

고작해야 퀘스트일 뿐인데도, 나 때문에 대륙 전체가 피해 보면 그만한 민폐가 없었다.

이럴 땐 가장 잘 아는 사람에게 확인을 받는 편이 가장 빠르다.

하나 섣불리 입을 열기 어려웠다.

'아니, 오히려 미미르이기 때문에 말할 수 있어.'

미미르는 신들이 어떻게 되든 상관없다고 말했다.

"뭐 하나? 원하는 걸 손에 넣었으니 그만 가게."

"그 전에 하나만 물읍시다."

"음?"

"이 눈에 사람의 마음을 진정시킬 수 있는 힘이 있습니까?"

"이 질문에 답해 준다면 나도 답해 주지."

"질문은 먼저."

"우선적인 권리는 내가 가지고 있다고 보는데."

틀린 말은 아니라서 대꾸할 말이 없었다.

"…해 보세요."

"그걸 갖고 뭘 할 생각이지? 세상의 중심에서 온 신격이 아스가르드까지 와서 뭘 하고 싶은 거냐?"

"질문이 두 개입니다만."

"트집 잡지 말게."

"후우! 얻을 게 있습니다."

"얻을 것?"

"세계수의 씨앗이 필요합니다."

미미르의 표정이 처음으로 일그러졌다.

금방 침착한 얼굴로 돌아와, 차분한 목소리로 질문했다.

"세계수의 씨앗은 왜 필요해서?"

"그것까지 말씀드릴 의리는 없습니다. 이제 제 질문에 답이나 해 주시죠."

"얼굴을 보니 얻을 수 있는 방법을 알고 있군."

자세히는 아니지만 루트 정도는 대강 파악하고 있었다.

미미르가 내 손에 들린 오딘의 눈을 보다가 말했다.

"펜릴을 이용할 생각이지?"

"⋯⋯!"

"맞는 모양이군. 씨앗을 얻기 위한 방법이라 봐야 자네 입장에서는 펜릴이 가장 그럴듯할 테니까."

"맞습니다. 그래서 펜릴의 분노를 정화시키고자 이 눈을 얻으려 한 겁니다. 그래서 정화의 힘이 존재합니까?"

"펜릴의 분노를 다스릴 수 있을진 몰라도, 강력한 정화의 힘이 존재하긴 하지."

가능성이 있다는 말에 주먹을 꽉 쥐었다.

미미르에게 고개를 숙여 감사를 표했다.

"은혜 잊지 않겠습니까."

"한 가지 명심하게."

"경청하겠습니다."

"새 나무를 기르는 건 쉽지 않을 거야."

✤ ✤ ✤

얼음의 거인은 하염없이 불꽃의 영토를 걸었다.

거인이 발을 내디딜 때마다 불꽃이 원래 형태 그대로 얼어붙었다.

숨을 토해 낼 때마다 강풍이 불어 불꽃이 어지럽게 흔들렸다.

그리고 그 상태로 얼었다.

얼음의 거인은 모든 것을 얼렸다.

로키는 아주 먼 곳에서 그런 거인을 지켜보는 중이었다.

"저건 대체 뭐야?"

오랜 세월을 살아오며 숱한 전장을 겪고, 끔찍한 괴물들을 봐 왔지만 저 거인처럼 특이한 놈은 없었다.

마치 목적 없이 움직이는 것 같았다.

간혹가다 구어어어! 같은 괴성을 내질렀는데, 우는 것처럼 들렸다.

"골치 아프군."

로키는 곧장 신들의 나라에 불길한 위험이 나타났다고 연락을 넣었다.

금방 헤임달을 통해 위험을 조사할 파견대가 이곳에 도착할 것이다.

"그나저나 이러다가 그 괴물 놈을 자극해서 깨우는 거 아니야?"

현재 얼음 거인이 꺼트리고 있는 불의 땅엔 단 한 명의 주인이 존재했다.

태초 이전부터 존재했다고 일컬어지는 그는 현재 잠을 청하고 있었다.

만약 그가 깨어난다면 아스가르드는 불탈 것이고, 세상은 한 줌의 먼지가 되어 산화되리라.

그 존재의 이름은 수르트.

무스펠하임의 왕이었다.

"진짜 위험하겠는데?"

언젠가 다가올 최후를 기록한 계시엔 수르트의 동선 역시 적혀 있었다.

설마 이곳이 그 '라그나로크'의 시작점인가?

로키는 불길한 생각을 떨칠 수가 없었다.

눈앞에 펼쳐지는 광경은 거의 그에 준했기 때문이다.

그어어어어!

얼음 거인이 다시 괴성을 내질렀다.
이젠 배 따위가 문제가 아니다.

※ ※ ※

다시 거인이 있는 곳으로 돌아왔다.
거인은 처음 그 자리에서 똑같은 자세로 기다리고 있었다.
[미미르 님과의 대화는 잘 끝난 모양이군.]
"보다시피."
[그럼 바로 출발하겠다.]
거인이 내게 손을 뻗었다.
번쩍-!
눈 뜨기 힘들 정도로 밝은 휘광이 나를 감쌌다.
정신을 차렸을 때 그 끝을 확인하기 힘들 정도로 거대한 성이 나타났다.
나는 화들짝 놀랐다.
벽돌 한 장이 나보다 수십 배는 더 커다랗다.
내가 입을 쩍 벌린 채 말을 못하고 있자, 거인이 피식 웃으며 손짓했다.
[따라와라.]
거인이 자신보다 수십 배는 커다란 성문을 밀었다.
이음쇠 간 마찰 소리가 용트림처럼 무섭게 들려왔다.
나는 문이 닫히기 전에 거인을 따라 성안으로 들어갔다.

성안은 이곳이 건물 내부가 맞나 싶을 정도로 광활했다.

[너에겐 많이 넓겠군.]

"너에게도 비슷해 보인다만."

아무리 거인이 나보다 월등히 크더라도 성은 거인조차 벌레처럼 보이게 만들었다.

거인은 부정하지 않았다.

[왕께서 널 맞이할 준비를 끝내셨다.]

"그런 것도 알 수 있냐?"

[거인들은 다 이어져 있거든.]

"칼라냐."

[그건 뭐지?]

"있어. 그런 거."

[싱겁군. 내 손에 올라타라.]

거인이 한쪽 무릎을 꿇고 내 앞에 손바닥을 내밀었다.

"굳이 안 이래도 따라갈 수 있는데."

[굳이 힘을 낭비할 필요도 없지.]

묘하게 자존심을 건드리는 말이었지만, 이만한 성에서 거인을 따라가려면 적잖은 힘이 드는 건 부정할 수 없었다.

나는 불쾌한 티를 노골적으로 내며 손바닥에 올라탔다.

거인이 제 어깨에 나를 올렸다.

[꽉 붙잡아라.]

"그 정돈 필요 없……!"

쾅-!
거인이 땅을 박찼다.
산이 무너지는 듯한 소음이었다.
나는 바닥에 주저앉아 거인의 털을 붙잡았다.
[하하하! 필요 없다지 않았나!]
"닥쳐어어어!"
어마어마한 강풍과 속도에 정신을 차릴 수가 없다.
그렇게 한 시간을 버텨야 했다.

✤ ✤ ✤

도착한 곳은 화려한 방이었다.
말이 방이지 내 눈엔 이곳도 그냥 방처럼 꾸며 놓은 평원이었다.
[신, 왕의 명을 수행하였나이다.]
나를 내려놓은 거인이 예의를 갖춰 왕에게 인사했다.
문제는 왕이 그 어디에도 보이지 않았다.
"왕이 어디 있는데?"
"이곳에 있노라."
그때 가까운 곳에서 목소리가 들렸다.
내가 옆을 보자, 귀엽게 생긴 꼬마가 방과 어울리지 않는 작은 왕좌에 앉아 있었다.
나는 꼬마를 보며 볼을 긁적이다 거인을 돌아보았다.

거인은 꼬마를 향해 숙인 고개를 허락이 떨어지기 전까지 절대 들지 않았다.
"아틈, 고생이 많았노라. 그만 물러가도 된다."
[신은 나가 보겠나이다.]
거인이 어울리지 않게 조심히 일어나, 슬금슬금 문밖으로 사라졌다.
"그래. 계약서를 쓰자고?"
"네가 요툰헤임의 왕?"
"보다시피. 왕처럼 보이지 않는가?"
"꼴은 왕 같긴 한데, 서리 거인이라기엔 너무 왜소하잖아."
내 가슴팍까지도 오지 않는 키였다.
서리 거인의 왕, 로키가 키득거리며 웃었다.
"네겐 그렇게 보일 수도 있겠군."
"그게 무슨 소리지?"
"굳이 알 필요는 없느니라."
"뭐, 그건 됐고. 너희가 나를 돕고 싶다면 계약서를 작성해."
"크큭! 아주 재밌는 신격이야. 타 대륙의 신격은 보통 너랑 비슷한가?"
"할 일이 많아서 이렇게 시간 낭비할 필요가 없거든? 너희 도움 있어도 그만, 없어도 그만이란 말이야. 그러니까 질질 끌지 말고 계약서를 쓸 건지, 말 건지나 결정해."

나는 최대한 세게 나갔다.

아닌 말로 그들이 먼저 도와주겠다고 나섰다.

나로서는 그들을 쉽게 믿지 못할뿐더러, 도움을 받지 않아도 아쉬울 게 없었다.

서리 거인들이 도와준다면 일 처리가 금방 끝나겠지만, 갓킬러의 저력을 알게 된 지금 나는 반드시 펜릴과 만날 자신이 있었다.

거인의 왕 로키가 비릿하게 웃었다.

"이 땅에서 짐에게 그렇게 말할 수 있는 자는 여태껏 토르 정도밖에 없었다."

"그런 건 안 궁금하다고."

"좋다. 계약서를 써 주지. 약간 호구 같긴 하지만, 대신 계약서를 작성한다면 넌 우리의 요구도 반드시 들어줘야 한다."

"그런 건 서로 조율해 봐야지 않겠어?"

"맞는 말이다."

우리는 서로를 노려보다가 씩- 입꼬리를 들어 올렸다.

로빈손 일행은 아스가르드 대륙에 진입한 지 고작 몇 시간이 채 되지 않았건만, 대부분이 녹초가 되어 버렸다.

초입부터 말도 안 되는 몬스터들이 나타난단 정보는 이

미 들어 알고 있었다.

"후우······. 이게 맞는 거야?"

"시발! 못해 먹겠어! 이러다 뒈져서 비싼 템이라도 떨구면 난 진짜 죽어 버릴 거야."

"다, 다들 진정해."

"진정하게 생겼어!"

동료들의 분노에 로빈손은 식은땀을 흘렸다.

그때 카티라가 말했다.

"아까 탐색하다 오솔길을 발견했다. 몬스터의 체취가 거의 감지되지 않더군. 그곳으로 돌아가면 조금은 안전할지도 모른다."

"젠장! 나라고 그곳으로 가기 싫은 게 아니야. 기운이 이쪽을 향하고 있다고."

"멍청하기는."

"뭐?"

멍청하단 소리에 로빈손이 발끈했다.

어릴 때부터 누구보다 영특하단 소리를 많이 듣고 자란 그였다.

그러거나 말거나 카티라는 말을 이었다.

"돌아간다는 발상은 못하는 거냐?"

"돌아간다고?"

"이곳은 현재 파티의 수준으론 돌파 불가다. 그러니 시간이 더 걸리더라도 안전한 길을 찾는 편이 나아. 차라리 그 편이 시간을 아끼는 걸?"

일리 있는 말이었다.

시간이 촉박하다 생각해 계속해서 직진만 해 왔다.

동료들도 카티라의 말에 동감하는지 로빈손을 재촉했다.

"카티라의 말이 맞아. 지금이라도 방향을 선회하자고."

"괜한 고집 부리지 말고. 다들 출발 준비해!"

"자, 잠깐."

동료들이 로빈손의 말을 무시하고 움직일 채비를 했다.

로빈손이 어어! 하는 사이, 동료들은 미리 출발한 카티라의 뒤를 쫓았다.

로빈손은 울상이 되어 소리쳤다.

"가, 같이 가!"

로빈손이 그들을 놓치지 않기 위해 달렸다.

잠시 후.

스르륵-

그들이 있던 자리에 검은 독물을 뿜어 대는 '뱀의 혀'가 툭- 튀어나왔다.

우트가르트 로키가 말했다.
"우리가 원하는 건 신족의 몰락이다."
"몰락의 개념을 정확히 정의해 주길 바란다."
"복잡할 것 없다. 아스가르드를 지배하는 신들이 다신 이 땅에서 힘을 발휘할 수 없었으면 좋겠군."
"결과적으로 세계수를 무너트려 달라, 이 말이군?"
"말뜻을 잘 이해해서 좋구나."
로키가 기분 나쁘게 웃었다.
어린아이 얼굴로 저러니 위화감이 장난 아니었다.
"그럼 계약에 앞서 한 가지 서약을 받고 싶은데."
"무슨 서약을 말하는 거지?"
"세계수를 무너트리는 데 사용될 모든 수단에 대해 왈가왈부하지 말아 줬으면 좋겠군."
"흐음, 그건 들어 봐야겠는데."
"신족을 몰락시키기만 하면 장땡 아니었나?"
"그렇긴 하지만, 우리까지 큰 피해를 감당해야 한다면 지금 할 계약을 재고할 필요가 있다."
로키는 한 세상을 지배하는 왕답게 자신의 백성을 귀하게 생각했다.
내가 아는 다른 로키랑은 천지차이였다.
그것과 별개로 나는 말없이 로키를 보았다.
"우리에게까지 위험이 올 만한 계획인가 보구나."
"내 원래 계획대로라면 너희에게 피해가 안 가겠지만,

너희가 원하는 걸 이루기 위해선 어쩔 수 없다."
"흥미롭군. 얘기해 보라."
"펜릴을 해방시킬 거다."
로키의 얼굴이 보기 좋게 일그러졌다.
"진지하게 하는 말이냐?"
"현실적으로 신족을 몰락시킬 방법이다. 틀린가?"
로키는 부정할 수 없었다.
펜릴의 힘은 그 역시 익히 들어 알고 있었다.
태어나자마자 신을 압도하는 힘을 타고난 거대한 늑대.
그 힘은 신족 최강이라는 토르마저 넘어섰다.
때문에 신들은 오래전 펜릴의 자존심을 긁어 말도 안 되는 방법으로 그를 영원토록 구속했다.
구속당한 곳이 어디인지는 모르겠지만, 풀려난다면 신족만이 아니라 아스가르드 전체가 위험해질 것이다.
거기엔 요툰헤임도 포함되어 있었다.
"미친 짓이다."
"가장 확실한 방법이기도 하지."
"얼마나 긴 세월이 흐른 줄 아느냐? 이미 분노에 완전히 잠식되어 이지를 상실한 괴물이 됐을 게 분명하다. 장담컨대, 통제할 수 없는 괴물이 되어 세상 전체를 파멸시킬 때까지 멈추지 않으리라."
"그래서 미미르를 만나고 왔다. 그에게 이걸 받아 왔지."
오딘의 눈을 꺼냈다.

로키가 잠시 들여다보다가 눈을 크게 떴다.

"이건?"

"신왕 오딘의 눈이다. 그가 세상의 모든 지혜를 손에 넣기 위해 미미르에게 바친 제물이기도 하지."

"그걸 네가 어떻게 가지고 있는 거지?"

"그거야 네가 알 바 아니고. 이 눈엔 아주 강력한 정화의 힘이 담겨 있거든? 이게 있다면 펜릴의 분노도 깨끗하게 없앨 수 있을 거야."

확실하진 않지만.

나는 굳이 뒷말을 꺼내지 않았다.

로키는 약간 납득한 얼굴로 고개를 끄덕였다.

"과연. 그거라면."

"어쩌겠나. 모험에 걸어 보겠나?"

"펜릴의 위치는 아는가?"

"긴눙가가프의 깊숙한 곳 어딘가."

"세상의 시작점인가."

로키가 잠시 고민하더니 결정을 내렸는지 나를 보았다.

"좋다. 우리 서리 거인은 너를 전폭적으로 돕도록 하겠다. 단, 네가 그 눈으로 펜릴을 성공적으로 통제했을 때 비로소 완전히 신뢰하겠다."

"그걸로 족하다. 계약서를 작성하지."

로키가 손가락을 흔들었다.

로키는 강대한 마법사.

그의 손가락에서 흘러나온 마력이 계약서를 이루기 시작했다.

나는 그곳에 손을 올렸고, 로키가 맞은편에서 손을 맞대었다.

"계약은 성립됐다. 지금부터 펜릴이 있는 곳까지 너를 돕겠다."

내 주변으로 거인들이 하나둘 나타나기 시작했다.

✠ ✠ ✠

많은 신이 무스펠하임의 창공에 나타났다.

그들은 얼어붙은 불길을 보며 심각한 목소리로 대화를 나누었다.

"이건 멸망의 계시, 라그나로크와는 전혀 다릅니다."

"하지만 그에 준하는 위험으로 보이는군."

"저 알 수 없는 거인을 요격해서 완전 소멸시켜야 합니다."

"그 말에 동의한다."

곧장 합의를 본 신들이 불의 땅을 얼리고 있는 거인을 향해 쏘아졌다.

가장 먼저 공격을 시도한 건 '전쟁의 신' 티르였다.

그는 외팔이였지만, 오딘의 아들이자 토르의 동생이었다.

"사라져라."

티르의 신력이 거대한 검의 형태로 떨어져 내렸다.
거인의 머리를 꿰뚫고, 그대로 아래까지 관통했다.

크워어어어어!

거인이 무릎을 꿇었다.
허무한 죽음이었다.
"이렇게 죽는다고?"
활을 겨누고 있던 우르가 허망한 목소리로 말했다.
티르가 고개를 저었다.
"죽지 않았다."
거인의 머리에 난 구멍이 빠르게 메워졌다.
죽은 줄 알았던 거인이 고개를 들었다.
티르를 제외한 신들이 화들짝 놀랐다.
거인이 고개를 바짝 들어 거대한 아가리를 벌렸다.
"피해!"
멀리서 로키의 외침이 들렸다.
신들이 혼비백산 사방으로 도망쳤다.
거인의 입에서 한 줄기 푸른 광선이 쏘아졌다.
쩌저저저저적!
공간이 통째로 얼어붙었다.
침착하던 티르마저 방금 광경에 치를 떨었다.
"도대체?"

로키는 무식한 냉기 위력에 할 말을 잃었다.
이런 괴물이라면 지금 모인 신들로는 역부족이었다.
적어도 토르나, 신들의 왕인 오딘이 이곳에 나타나야 한다.
"오딘께 발키리를 투입시켜 달라고 부탁해야 한다!"
전투형 여천사들로만 이루어진 최정예 전투 집단 발키리.
그 수장인 프레이야는 소멸했지만, 나머지 발키리는 건재했다.
그녀들의 힘은 상상 초월.
"티르!"
"방금 신호를 보냈다. 위험을 감지하셨다면 투입하시겠지."
말이 끝나기 무섭게 하늘에 커다란 구멍이 뚫렸다.
그곳에서 순백의 날개를 단 아름다운 여인들이 검을 쥔 채 나타났다.
발키리였다.
"적은 강력하다! 모두 최대한 조심해서 싸우도록!"
"걱정하지 마세요."
"끝나고 한잔하자구요? 꺄르륵!"
걱정해 주는 티르에게 오히려 장난을 치는 발키리들.
티르가 괜히 볼을 붉혔다.
발키리들이 쏜살같이 거인의 근처까지 내려갔다.
거인이 고개를 갸웃거리며 발키리들을 보았다.
발키리들의 신형이 획 꺼졌다.

푸확-!
거인의 몸에서 푸른 핏물이 허공에 흩뿌려졌다.
하나 그뿐이었다.
"꺄아아악!"
"아아악!"
"살려 줘!"
핏물이 증발했다.
그리고 핏물이 닿은 공간이 통째로 얼어붙었다.
그 속도는 감히 발키리조차 피하는 게 불가능했다.
몇몇은 얼음 속에 완전히 갇혔고, 몇몇은 신체 일부가 얼어붙었다.
운 좋게 피한 발키리들은 사색이 되었다.
로키가 이마를 짚었다.
"발키리조차?"
이건 진짜 농담이 아니었다.
거인이 시선을 내렸다.
로키와 눈이 마주쳤다.
로키는 뒤도 안 돌아보고 공간을 탈출하려고 했다.
그보다 거인이 빨랐다.
"헉!"
왼쪽 다리부터 시작해 복부까지 그대로 얼어붙었다.
고통이 몰려오는 건 순식간이었다.
"끄아아악! 누가 날 좀 도와……."

로키는 말을 끝까지 이을 수 없었다.

세상 전체가 얼었다.

거인을 중심으로 무스펠하임의 절반이 얼어붙었다.

로키는 어느새 목 바로 아래까지 얼었다는 걸 깨달았다.

그가 허무한 눈으로 정면을 응시했다.

새빨간 광선이 거대한 얼음덩어리를 그대로 꿰뚫었다.

처음 무스펠하임에 진입했을 때 나는 멀리 보이는 광경에 길을 잘못 든 줄 알았다.

"여기 무스펠하임 맞지?"

[그렇다.]

함께 온 거인은 우트가르트 로키에게 나를 안내한 그 거인이었다.

로키는 그가 서리 거인 중 자신을 제외하면 가장 강하다고 했다.

"그런데 왜 죄다 얼어붙어 있는 거지?"

[그건 나도 알 수 없다. 다만, 엄청난 힘이 얼음의 중심에서 느껴진다.]

"뚫어야겠네."

[할 수 있겠나?]

"아마도."

나만의 힘으론 불가능하겠지만, 갓킬러를 이용한다면 왠지 불가능할 것 같지 않았다.

황금빛 기운을 갓킬러에 불어넣었다.

온전한 크기가 된 갓킬러 위로 올라갔다.

얼음을 녹이는 데 필요한 건 불.

"이걸로 한 번 더 가자."

나는 지체 않고 홀로그램 버튼을 눌렀다.

[레드 드래곤 브레스 Ver 2.3]

갓킬러의 앞 갑판이 활짝 열렸다.

용의 형상을 한 거대 포신이 자랑스럽게 나타났다.

나는 앞으로 손을 뻗으며 외쳤다.

"발사!"

위이이잉-!

주변 마력이 포신의 안쪽으로 빨려 들어갔다.

이윽고 완전히 충전되었을 때, 포신이 불을 내뿜었다.

콰아아앙!

새빨간 광선이었다.

얼음덩어리로 인해 주변에 넓게 퍼진 수증기가 일제히 증발했다.

하얀 증기가 곳곳에서 뿜어져 나왔다.

광선이 얼음덩어리와 충돌했다.

-------------!

빙하 같은 얼음덩어리가 안쪽에서부터 빨갛게 녹아내렸다.

쿠궁- 굉음이 울려 퍼지며, 갈라진 얼음 조각들이 아래로 떨어졌다.

지구온난화로 인해 무너지는 빙산을 보는 것 같았다.

브레스는 쉬지 않고 앞으로 쏘아졌다.

얼마나 차갑건 용의 숨결을 막아 내지 못했다.

극명한 상성의 차이였다.

"쉽구만!"

[온다!]

거인이 다급하게 외쳤다.

내가 무슨 말이냐고 묻기도 전에, 하얀빛이 얼음의 중심에서 폭발했다.

"크아아악!"

[흠!]

어지러운 상황 속에서 갓킬러의 보호 시스템을 작동시켰다.

[이차원 방패 Ver 4.4]

정면에 무지갯빛 장막이 펼쳐졌다.

몰려오는 하얀빛이 장막에 막혔다.

거인이 말했다.

[이 힘을 버티는 건 불가능하다.]

"나도 알아!"

이차원 방패가 최대한 막아 주고 있지만, 격파되는 건 시간문제다.

문득 아구로가 했던 말이 떠올랐다.

'최근 니플헤임에 거인이 하나 탄생했습니다.'
'그 거인이 지금 무스펠하임의 열기를 지우고, 혹한의 땅으로 만들고 있습니다.'

지금 이런 무식한 힘을 내뿜고 있는 괴물은 분명 그 거인이었다.
"아낄 때가 아니야."
목적지가 머지않았는데, 뭔지도 모를 놈에게 막히는 건 사양이다.
[사왕(蛇王) 소환]
남은 2번의 기회 중 하나가 사라졌다.
거대한 존재감이 지근거리에서 나타났다.
팔왕은 신격은 아니나, 어지간한 신보다 강대한 힘을 지닌 존재.
사왕은 그 끝자락에 존재했지만, 이곳에서 충분히 힘을 발휘할 수 있는 괴물이었다.
몰아치는 빛 사이로 거대한 힘이 휘몰아쳤다.

콰아앙-!

거인이 내뿜던 강력한 빛이 거짓말처럼 소멸했다.

희뿌연 먼지 사이로 거대하고, 길쭉한 몸체가 나타났다.

[이런 머나먼 대륙에서 나를 부르다니!]

본체 모습을 한 사왕이 잔뜩 화난 얼굴로 분노를 토해 냈다.

나는 최대한 미안한 표정을 지어 보였다.

"죄송하지만, 그렇게 됐습니다."

[빌어먹을 녀석! 그래, 내가 무슨 일을 해 줬으면 좋겠지?]

"저 앞에 있는 거인 녀석을 없애 주실 수 있나요?"

[거인?]

사왕이 내 옆에 있는 거인을 보았다.

"이자가 아닙니다."

[그래 보인다.]

[알딘, 이 뱀 계집은 누구지?]

[뱀 계집? 죽고 싶으냐!]

[할 수 있다면.]

거인은 컸지만, 사왕은 그보다 더 컸다.

두 사람이 싸울 기세로 서로를 노려봤다.

"잠깐! 아군끼리 싸우면 어떡합니까?"

[저 건방진 놈의 혀를 뽑아야겠다.]

[입이 험한 계집이구나.]

[크큭! 입만 험한지 한번 확인해 보거라.]

"그만하라고!"

신력을 최대한 방출했다.

사왕과 거인이 나를 돌아보았다.

허공에 황금색 스파크가 튀어 오르고, 녹색 신력이 주변을 휘감으며, 흑과 백의 기운이 위협적으로 날뛰었다.

나는 머리털이 바짝 선 상태로 두 사람에게 경고했다.

"한 번 더 싸우면 내가 먼저 가만히 안 있겠다."

[호오! 애송이, 많이 컸구나?]

"사왕께서도 이 정도만 하시죠. 갈 길이 급합니다."

[크큭! 너를 봐서 오늘은 넘어가 주마. 그러나 두 번은 없다.]

[웃기······.]

"나를 전적으로 도와야 하는 입장이 아니었나?"

거인이 입을 다물었다.

사왕이 쌤통이라며 그를 비꼬았지만, 요지부동 꼼짝도 하지 않았다.

[재미없구나. 그럼 바로 끝내지.]

"조심하세요. 엄청나게 위험한 존재입니다. 저와 거인이 엄호하도록 하죠."

[정말 많이 컸군. 고작해야 1년 조금 넘었을 뿐인데.]

그래 봐야 갓킬러가 없다면 지금도 사왕에겐 상대조차 되지 못했다.

사왕이라면 어지간한 아스가르드의 신보다 강력하다.

사왕이 커다란 아가리를 쩍 벌렸다.

[먼저 독부터 먹여 주겠다.]
보랏빛 독 광선이 쏘아졌다.

✠ ✠ ✠

황금의 옥좌 위에 백발성성한 노인이 앉아 있다.
노인은 의자와 같은 황금색 안대를 오른쪽 눈에 차고 있었다.
노인이 입을 열었다.
"새로운 파멸의 징조인가."
"예기치 못한 징조가 존재했습니다."
"거인을 막을 수 있는 수단은 거의 존재하지 않아요."
"막지 못한다면 아스가르드는 파멸할 거예요!"
노인, 오딘의 중얼거림에 그의 궁전에 모인 예언의 세 여신이 각자 말을 뱉었다.
한 명은 놓친 과거를, 한 명은 현재 상황을, 한 명은 머지않은 미래를 얘기했다.
오딘이 세 여신 중 가운데 선 여신에게 물었다.
"베르단디여, 수단이 존재하긴 하는 모양이구나. 그게 무엇이지?"
"당신과 토르가 나서면 됩니다."
"그거 말곤 없나?"
"흐레스벨그입니다."

오딘의 남은 눈이 살짝 찡그려졌다.

베르단디는 신경 쓰지 않고 말을 이었다.

"라타토스크에게 부탁해 흐레스벨그에게 부탁한다면, 충분히 거인을 무찌를 수 있습니다."

"그게 안 된다는 건 알지 않나. 그 매가 둥지를 벗어난다는 건 결국 또 다른 파멸을 도래한다. 방법은 두 가지뿐인가."

"한 가지 더 있어요."

스쿨드였다.

오딘이 말해 보라 허락했다.

"현재 거인에게 맞서고 있는 타 대륙의 반신이에요."

"그가 뭘 할 수 있다는 거지?"

오딘도 눈이 있기에 한창 전장을 살펴보고 있었다.

반신과 알 수 없는 강력한 뱀과 서리 거인이 힘을 합쳐 얼음의 거인을 상대하고 있다.

하지만 아무리 봐도 도저히 쓰러트릴 수 있을 것 같지 않았다.

"그가 하는 게 아니에요."

"무슨 말이지?"

"저도 잘은 모르지만, 이 아직 풀리지 않은 실에 보여요."

스쿨드는 손에 엉망으로 꼬여 있는 실을 보았다.

베르단디가 꼬아 놓은 실을 스쿨드가 풂으로써 미래는 불확실하게 된다.

그러나 아직 풀리지 않았기에 미래는 유지되는 중이었다.

"뭔가가 강림합니다!"

오딘이 고개를 기울이는 순간.

전장의 화면이 눈부신 빛과 새까만 어둠에 집어삼켜졌다.

✠ ✠ ✠

"큭!"

미쳤다.

정신이 나가 버릴 강함이다.

사왕은 몰려오는 극한기의 폭풍에 휩쓸려 전신이 얼어붙었다.

절대자에 가까운 포스를 자랑하던 팔왕의 모습이라기엔 믿을 수 없었다.

서리 거인 역시 거인의 주먹을 버티지 못하고 그대로 얼어 버렸다.

호기롭게 싸움을 건 것은 좋았으나 상대가 되지 않았다.

그나마 갓킬러의 힘이 유효해 거인에게 몇 번의 피해를 주는 데 성공했다.

문제는 갓킬러를 더 이상 유지할 수 없게 되었다.

"인생 진짜 좆 같네······."

갓킬러의 거대한 몸체가 역소환되었다.

"할 수 있는 게 없는데."

악신의 파편이든, 우주의 공포든.

내 본연의 힘이든.

모든 걸 쏟아부었다.

이차원 악마는 얼음 파편이 되어 소멸했다.

메테오는 떨어지다 말고 한기에 불길이 꺼져 그대로 먼지가 되었다.

어둠 파먹기는 내 능력치 부족으로 제대로 피해를 주지도 못했고, 육체 강화 스킬을 사용한다고 내가 바로 거인 수준으로 강해지는 게 아니라 무의미했다.

"전략적으로 튀어야겠지?"

요르문간드에게 부탁해 보자.

그녀라면 저 거인을 죽일 수 있을지도 몰랐다.

쿵-!

거인의 발소리가 정면에서 들려왔다.

희뿌연 안개가 걷히며 무미건조한 얼굴의 거인이 보였다.

거인은 말없이 손을 들었다.

그리고 내리찍었다.

콰아아앙!

얼음이 밤송이처럼 사방으로 가시가 돋치듯 자라났다.

[오델론이 당신의 한심함에 혀를 찹니다.]

빛과 어둠이 얼음 안에서 폭발했다.

나는 빛과 어둠이 뒤섞인 혼돈의 공간에 있었다.
눈앞엔 전방위가 표시된 화면 하나가 띄워져 있었다.
화면 속엔 하얀색 말고 다른 건 보이지 않았다.
"여긴 뭐야?"
뜬금없는 장면 전환에 내가 눈살을 찌푸리고 있을 때, 익숙한 목소리가 들려왔다.
-잘 보고 있어라, 멍청한 후계자.
"오델론?"
-빛과 어둠은 이렇게 다루는 거다.
하얀색 화면에 균열이 가기 시작했다.
그것은 얼음이 깨질 때 나타나는 형태였다.
어둠이 연기처럼 흘러나왔다.
그 위로 빛이 타고 올랐다.
번쩍!
차마 눈 뜨고 보기 어려울 정도의 광휘가 화면에서 휘몰아쳤다.
그렇게 10초간 유지되나 싶더니, 화면이 전환되었다.

거인이 뒤로 넘어갔다.

-너는 요 몇 년, 다른 힘에 기대어 살아왔지. 빛과 어둠을 제대로 다룬 적이 있나?
아예 안 다룬 건 아니지만, 오델론의 말처럼 장비 혹은 신력의 힘을 주로 사용했다.

-이 힘은 네가 가진 다른 힘과 비교해도 우월하다. 구원의 신력이든, 뇌전의 신력이든, 악신의 힘이든. 결국 신의 힘일 뿐.

내 몸을 빌린 오델론이 백색 검으로 거인의 가슴을 가로질렀다.

흘러나온 피가 오델론을 얼리려 했지만, 어둠이 어둠을 통째로 흡수했다.

-이 힘은 신조차 말살한다.

검에 맺힌 빛이 날카롭게 솟아 거인의 가슴을 꿰뚫었다.

-내가 그러했다.

빛이 어둠으로 전환되었다.

재생되는 거인의 가슴을 어둠이 파먹기 시작했다.

크워어어어어?

당황한 거인의 음성.

-형식에 얽매이지 마라.

백색 검극에 빛이 투명한 구의 형태로 뭉쳤다.

-이번 한 번뿐.

높이 뛰어오른 오델론이 거인의 머리에 검을 찔러 넣었다.

-모자란 후계자에게 베푼 자비로운 가르침이다.

그리 말하는 오델론은 왠지 웃고 있는 것 같았다.

투명하게 뭉쳤던 빛이 둥근 파동을 그리며 넓게 퍼져 나갔다.

얼어붙은 불길이 모조리 깨져 나가며 차가운 빙판 아래에서 붉고, 노란 용암이 폭발했다.

무스펠하임의 불이 다시 지상을 지배하기 시작했다.

그것은 곧 거인의 죽음을 의미했다.

-네가 방금 내 전투에서 무엇을 느꼈는지 묻진 않겠다.

오델론이 거인의 시체를 보았다.

아스가르드의 많은 신과 발키리조차 쓰러트리지 못한 괴물이.

나와 사왕, 서리 거인이 힘을 합쳐도 어쩌지 못한 거인이.

-익혀라. 이 힘의 끝엔 법칙 같은 건 존재하지 않으니까.

나는 눈을 감았다 떴다.

혼돈의 공간이 아니었다.

오델론이 보던 광경이 고스란히 내 것이 되었다.

오델론이 했던 말을 복기해 보았다.

'형식에 얽매이지 말라. 법칙은 존재하지 않는다.'

그 말이 무얼 뜻하는지 알 수 없었지만, 그의 경험이 몸

안에 남아 있는 것 같았다.

[어떻게 된 거지?]

사왕이 혀를 날름이며 다가왔다.

빙결 상태가 되었던 그녀는 일시적으로 의식이 끊겼던 모양이다.

그건 서리 거인 역시 마찬가지였다.

[네가 쓰러트렸나?]

"설마."

[시간이 다 되었군. 궁금한 건 많지만, 나는 그만 가 보도록 하지.]

사왕은 매우 아쉬운 표정이었지만, 어쩔 수 없이 원래 있던 곳으로 되돌아갔다.

그때였다.

"반신, 어떻게 된 건지 설명해 줘야겠다."

우리보다 먼저 얼어붙었던 아스가르드의 신들이 둥글게 포위했다.

그중엔 로키도 있었다.

로키는 뭐가 뭔지 모르겠지만, 아무튼 잘 걸렸단 얼굴로 나를 보고 있었다.

그들과 별로 엮일 생각이 없었다.

"이봐, 거인."

[말해라.]

"여길 빠르게 돌파하고 싶은데. 가능하냐?"

[저런 것들, 어려운 일도 아니지.]
거인이 나를 낚아챘다.
그리고 무식하게 앞으로 돌진했다.
"어어?"
"붙잡아!"
"놓치지 마라!"
신들이, 발키리가 거인과 나를 붙잡기 위해 몸을 던졌다.
그 어떤 신도 거인을 막지 못했다.
막기는커녕 그대로 들이받혀 저 멀리 튕겨져 나갔다.
거인은 탱크 같았다.
"너 미쳤는데!"
[지금의 신은 나약할 뿐이다.]
신들이 허망한 얼굴로 멀어져 가는 거인의 등을 보았다.
로키가 좌절하며 거인에게 손을 뻗었다.
"안 돼애애애!"
쿠르르릉-!
굵직한 번개가 떨어진 건 모두가 포기했을 때였다.
 신들과 발키리가 눈부신 번개를 피해 고개를 돌리거나, 손으로 가렸다.
 콰지지직!
 번개가 땅을 타고 주변으로 흘렀다.
 그곳엔 토르가 서 있었다.
 "형님!"

티르가 자신의 형 토르 앞에 내려앉았다.
"어떻게 됐는지 설명해라."
"한발 늦으셨습니다. 방금 놈들이 도주했습니다."
"놓쳤다는 말이냐?"
"…죄송합니다."
"어리석은 것. 그리고 로키."
토르가 뇌기 일렁이는 눈으로 매섭게 로키를 쏘아봤다.
로키는 괜히 움찔했다.
"너는 나중에 보자."
콰릉!
토르가 번개가 되어 거인과 반신이 사라진 곳으로 움직였다.
최고신 오딘보다 강하다고 정평이 난 토르가 나선 이상 두 사람은 이제 끝이었다.
그걸 떠나서 로키는 식은땀이 흘렀다.
"젠장! 조졌군."

✤ ✤ ✤

무스펠하임을 지나자 니플헤임에서 흐르는 11줄기의 강 엘리바가르가 보였다.
무스펠하임의 불과 충돌하며 발생하는 수증기는 그야말로 절경이었다.

"저 틈으로 진입하면 긴능가가프인가?"

[그런 듯하다.]

이곳까지 여정은 생각보다 쉽지 않았다.

신들을 따돌리고 무스펠하임의 괴물들과 치열하게 싸웠다.

그나마도 서리 거인 덕분에 돌파가 가능했다.

갓킬러의 힘을 쓰지 못하는 지금의 나는 이곳에서 쩌리나 다름없었다.

"속도를 높여 줘."

[알겠다.]

서리 거인이 땅을 박찼다.

불길과 결빙이 충돌하는 좁은 길은 서 있는 것만으로 도트 단위의 데미지를 주었다.

"엄청나게 버겁네."

[아직 네 수준으로 견딜 수 있는 곳은 아니니까.]

"냉정하기는."

[현실을 지적해 준 것이다. 적응하고 싶다면 강해져라. 아니면 어서 빨리 배를 충전시키든가.]

"그런데 그 얼음 거인은 대체 뭐였을까?"

[나도 모른다. 헬이라면 알고 있지 않을까 싶군.]

"지옥의 군주?"

[그렇다. 그녀의 왕국 '헬'은 니플헤임에 존재한다. 괴물이 존재하는 만큼 니플헤임의 진정한 주인은 아니겠지만,

얼음 거인의 태생만큼은 알고 있겠지.]
 일리 있는 말에 고개를 끄덕였다.
 그렇다고 가서 확인할 수는 없는 노릇.
"나중에 기회가 되면 확인해 봐야겠군."
 두 사람은 빠르게 두 세계가 겹쳐 있는 좁은 길을 통과했다.
 그리고 높이를 가늠할 수 없는 거대한 구덩이 앞에 멈춰 섰다.
 [도착했다. 이곳이 긴눙가가프. 세상이 만들어지기 전부터 존재해 온 심연이다.]
"너는 이곳에서 누가 오나 망을 봐줘. 내려가는 건 나 혼자 한다."
 [괜찮겠나?]
"괜찮지 않으면 죽을 뿐이지."
 [모험가란 자들은 죽지 않는다고 하더니, 그 말이 사실인가 보군.]
 엘프에게 모험가가 무엇인지 들은 모양이었다.
 나는 대꾸하지 않고 절벽 끝에 섰다.
"갔다 온다."
 그대로 몸을 던졌다.
 빛이 꺼졌다.

 쿠르르르릉-!

천둥소리가 들려온 건 그 직후였다.

나는 뒤를 돌아보았다.

거미줄처럼 갈라진 번개가 심연의 바깥에서 줄기차게 늘어나고 있었다.

"토르……!"

아스가르드에서 가장 강력한 신이 뒤쫓아 왔다.

✢ ✢ ✢

빛 한 점 들어오지 않는 작은 동굴에 늑대 한 마리가 웅크리고 있었다.

목엔 절대 풀리지 않는 족쇄를 차고서.

늑대는 잠을 자고 있었다.

이 감당할 수 없는 끔찍한 분노를 조금이라도 잊기 위해선 잘 수밖에 없었다.

하지만 아이러니하게도 잠이 오지 않았다.

잠이 들면 그날의 기억이 꿈이 되어 나타났다.

이번에도 마찬가지였다.

늑대가 눈을 떴다.

형형한 노란색 눈이 일자로 찢어졌다.

"오딘……!"

자신을 이런 꼴로 만들어 낸 신들의 왕.

펜릴은 수천 년 동안 한 번도 그의, 혹은 그들을 향한 증

오를 잊지 않았다.

하루에도 몇 번씩 이랬다.

자리에서 일어난 펜릴은 입구로 걸어갔다.

턱-

그러나 족쇄와 이어진 쇠사슬은 그것을 허락하지 않았다.

"크아아아아아!"

노란색 눈이 피처럼 물들어 갔다.

모든 것을 죽이겠다.

세계수를 무너트려 신들의 세상을 지우겠다.

오딘의 목을 물어뜯어 흔적도 없이 잡아먹으리라.

"이것만! 이것만 없으면!"

"제가 도와드리죠."

그때 낯선 목소리가 들렸다.

펜릴은 잔뜩 살기를 끌어 올린 채 목소리의 주인을 보았다.

"넌 누구냐!"

"제 이름은 알딘. 당신을 해방시키기 위해 이곳에 왔습니다."

콰강!

번개가 펜릴의 동굴 입구 앞까지 떨어졌다.

시간이 없다.

"저와 거래하시겠습니까?"

펜릴이 이빨을 드러내며 으르렁거렸다.

✠ ✠ ✠

콰릉!
시끄러운 천둥소리에 펜릴을 재촉했다.
"어찌실 겁니까? 저와 거래를 하겠습니까?"
"네놈이 누구인 줄 알고 내가 거래를 하지?"
분노에 잠식됐다고 알고 있었는데, 펜릴은 생각보다 멀쩡해 보였다.
그게 아니라면 극도의 분노가 오히려 정신을 차분하게 만든 걸지도 몰랐다.
"지금 신뢰가 중요한 게 아닐 텐데요? 제가 가면 당신은 언제까지고 이곳에 묶여 절대 벗어날 수 없을 겁니다."
"건방진 놈! 지금 나를 협박하느냐!"
쿠구구궁-!
동굴 내부가 크게 흔들렸다.
족쇄가 채워져 힘을 많이 잃었을 텐데도 엄청난 힘이었다.
"좀 더 차분하게 생각해 보십시오. 지금 이게 기회라는 걸 모르시는 겁니까?"
"크르르릉!"
검은 털이 모두 곤두섰다.

나를 적대하기로 마음먹은 것이다.

어이가 없었다.

이성이 남아 있다면 지금 내 제안이 자유를 준다는 걸 알 텐데.

하지만 조금은 이해가 되었다.

펜릴이 지금 이 꼴이 된 것은 '신뢰'했기 때문이었다.

신뢰하지 않았다면 배신당하지 않았을 것이고, 오랜 세월 이곳에 갇혀 지내지도 않았을 터.

'그냥 풀어?'

지금 상황에서 그것 말고는 방법이 없어 보였다.

당장 밖에서 번쩍이는 번개만 보더라도 시간이 없었다.

"젠장."

일단 오딘의 눈을 꺼내 놓고, 펜릴에게 몸을 날렸다.

텅-!

쇠사슬이 팽팽하게 당겨졌다.

펜릴의 거대한 송곳니가 빠른 속도로 가까워졌다.

[점멸]

늑대의 아가리에 들어가기 직전, 점멸로 몸을 빼냈다.

내가 이동한 곳은 펜릴의 목에 감긴 족쇄 위였다.

그대로 목에 올라탔다.

"이노오오오옴!"

"좀 가만히 있어 보십쇼!"

콰르르르릉!

방금 천둥소리를 듣고 직감했다.

서리 거인이 쓰러졌다.

곧 토르가 나타날 것이다.

그 전에 풀지 못하면 나의 패배다.

"이걸 부술 겁니다!"

족쇄 글레이프니르는 가느다란 비단 줄 같지만, 겉모습과 달리 무척 단단하고 질겼다.

하지만 끊을 방법이 아예 없는 건 아니었다.

나는 이곳에 오기 전, 아주 많은 준비를 했다.

전생에 펜릴에게 도달했던 유저는 결국 펜릴을 해방시키지 못했다.

나는 다르다.

인벤토리를 개방했다.

"이거라면 글레이프니르를 자를 수 있어!"

은색 가위였다.

굉장히 커다랬는데, 만화에서나 볼 법한 크기였다.

나는 흔들리는 펜릴의 목을 다리로 꽉 고정시켰다.

"갑니다!"

"그렇겐 못 두지."

한 줄기 섬광이 동굴로 파고든 건 찰나였다.

나의 번개의 길과는 질적으로 다른 번개가 내 바로 옆을 스쳐 지나갔다.

눈동자만 굴려 간신히 인지할 수 있었다.

[점멸]

콰라라라랑!

굵직한 뇌포(雷砲)가 내가 있던 곳을 꿰뚫고 반대편 벽을 파괴했다.

"토르!"

"얌전히 있어라, 괴물 늑대."

토르가 펜릴의 머리를 밟고 내가 이동한 곳으로 벼락이 되어 날아왔다.

크헝헝!

펜릴이 몸을 이리저리 뒤틀었다.

나는 혀를 차며 몸을 번개로 변화시켰다.

"뭔가 묘하다 했더니, 번개의 신이었나?"

"아쉽게도 아직 신은 아니네."

"그럼 죽어라."

묠니르가 부메랑처럼 날아왔다.

O.P.B의 육각 방패를 겹쳐서 펼쳤다.

이제 와서 크게 쓸모가 있진 않지만, 초 단위라도 시간을 벌 수 있으면 족하다.

콰가각!

그런 내 희망 사항을 짓밟기라도 하듯 묠니르는 방패들을 모조리 파괴했다.

암막을 펼치긴 했지만, 이걸로도 막을 것 같지 않았다.

'형식에 얽매이지 마라.'

문득 오델론의 조언이 떠올랐다.
"죽어라, 타 대륙에서 온 반신."
[빛과 어둠이 당신에게 미소 짓습니다.]
깨달음이 찾아온 건 바로 그 순간이었다.
-옳지.
오델론이 흐뭇한 목소리로 말했다.
묠니르가 내 머리를 으꼈다.
…라고 생각했다.
"네놈!"
빛은 번개보다 빠르다.
입자로 분해됐던 몸이 원상태로 돌아왔다.
나는 어느새 펜릴의 앞에 있었다.
[빛이 하나로 통합됩니다.]
[어둠이 하나로 통합됩니다.]
[더 이상 당신은 형식에 얽매이지 않게 되었습니다!]
[축하합니다! 당신은 빛과 어둠에게 선택되었습니다!]
이전까진 단순히 오델론의 후인이었을 뿐, 빛과 어둠은 스킬이란 이름의 수단에 불과했다.
나는 '광마전사'의 모든 스킬이 소멸하는 걸 확인했다.
[2차 전직이 시작됩니다.]
에픽 클래스는 다른 클래스들과는 달리 사실 레벨에 구

애받지 않고 격을 높일 수 있었다.
 그걸 오늘에서야 깨달았을 뿐.
 빛과 어둠이 뒤섞이며 혼돈이 만들어졌다.
 구원의 신력과 뇌전의 신력이 두려움에 떨기 시작했다.
 토르와 펜릴이 소리 없이 나를 지켜봤다.
 ['카오스 워리어'로 전직이 완료되었습니다.]
 "이게 당신의 진짜 모습이었습니까?"
 -한참 멀었다.
 나는 씩 미소 지었다.

 펜릴이 기묘한 얼굴로 나를 보았다.
 "제안은 유효합니다."
 "…끊어라."
 "안 돼!"
 묠니르가 또다시 나를 향해 날아오기 시작했다.
 전직을 했다고 상황은 극적으로 변하지 않는다.
 지금 나는 토르는커녕, 날아오는 묠니르를 막아 낼 수 없다.
 하지만 피하는 건 전보다 쉬워졌다.
 몸이 어둠 속에 빨려 들어갔다.
 묠니르는 애꿎은 허공만 배회하고 토르에게 돌아갔다.

"이놈!"
콰르릉!
환한 번개가 동굴 전체를 비추었다.
어둠이 사라지자 자연스럽게 내 모습이 드러났다.
이미 늦었다.
나는 토르를 보며 웃었다.
그의 손에 뭉친 번개탄이 쫓기 힘든 속도로 떨어졌다.
그보다 빠르게 가위가 움직였다.

[무엇이든 다 잘라 드립니다!](1회)
등급:유니크
설명:딱 한 번, 무엇이든 자를 수 있다. 사용되면 즉시 소멸한다.

반년 전, 이 가위의 소재를 확인하고 손에 넣기 위해 발악을 했다.
그렇게 손에 넣었다.
바로 오늘을 위해서.

서걱-

그런 소리였다.
그다음 투둑- 소리가 이어서 들려왔다.

수천 년 동안 펜릴의 목을 조여 온 족쇄 글레이프니르가 떨어졌다.

늑대의 눈이 새빨갛게 물들었다.

"젠장."

아무런 소리도 들리지 않았다.

그저 바람이 휘잉 하고 불었을 뿐이다.

펜릴이 앞발로 토르의 몸을 후려쳤다.

쾅! 토르의 근육질 몸이 땅에 처박혔다. 그 와중에 양팔을 교차시켜 막아 내었다.

신 중 최강이라 할 만했다.

"이렇게 된 거 둘 모두 죽이는 수밖에."

토르의 눈이 날카로워졌다.

"아주 오랫동안, 오랫동안 이곳에서 홀로 있었다. 아무도 찾아오지 않고, 아무에게도 찾아갈 수 없었다."

갑자기 펜릴이 중얼거리기 시작했다.

곤두선 털은 바람에도 흔들리지 않았다.

"외로웠다. 화가 났다. 슬펐다."

펜릴은 으르렁거림을 멈추지 않았다.

"나를 배신한 네놈들을 모조리 씹어 까마귀에게 먹이로 주리라 다짐했다."

"어리석군. 그때에도, 지금에도 넌 할 수 없다."

토르가 먼지를 털며 반박했다.

펜릴의 입꼬리가 올라갔다.

드러난 엄니는 무엇이든 부술 수 있을 것 같았다.

"그럼 날 왜 봉인했느냐, 어리석은 신이여."

"널 잡으려면 피해가 꽤 많을 테니까. 속여서 봉인하는 편이 더 합리적이었을 뿐이다."

"크하하하하하!"

펜릴이 고개를 위로 쳐들고 웃기 시작했다.

그것은 명백한 비웃음이었다.

"나를 풀어 준 반신이여."

"알딘입니다."

"이름이 무엇이 됐든. 지켜보고 있어라. 저 오만한 신의 콧대가 어떻게 꺾이는지 보여 주지."

펜릴이 땅을 박찼다.

이번에도 소리는 들리지 않았다.

모습도 보이지 않았다.

그저 그림자 덮인 어둠이 그의 위치를 어느 정도 알려 주었다.

내가 마지막으로 포착한 곳은 토르의 뒤였다.

"놓쳤나?"

"흡!"

"못 막는다."

평범하게 앞발을 휘둘렀을 뿐이었다.

한데 토르는 전신 뼈가 으깨지며, 육공에서 피를 뿜었다.

"너희는 내 전력을 몰라."

"쿨럭!"
"아스가르드의 신은 모두 사라질 것이다. 세계수와 함께."
펜릴이 아가리를 쩍 벌렸다.
가공하다 표현해도 좋을 힘이 그 안으로 스며들었다.
"사라져라, 번개의 신."
"늦을 뻔했구만."
공간이 일그러지며 로키가 나타났다.
펜릴이 강력한 에너지체를 입 속에서 뿜어냈다.
"그럼 이만."
로키가 토르의 어깨를 잡았다.
공간이 일그러졌다.
콰가가강!
펜릴의 광포가 벽을 수 킬로미터나 뚫어 버렸다.
그러나 토르를 죽이는 데 실패했다.
"로키 녀석! 당장에라도……!"
"진정하십시오. 아직 기회는 많습니다."
나는 최대한 여유로운 척 펜릴 앞에 섰다.
펜릴은 거래를 받아들인 상태라 내가 약하게 나가면 휘두르려 할 수도 있었다.
'다행인 건 예상과 달리 말이 꽤 잘 통한다는 거야.'
내가 조건 없이 글레이프니르를 풀려고 했던 모습이 잘 먹혔던 모양이다.
펜릴이 내 쪽으로 몸을 돌렸다.

"거래라고 했던가. 그래. 넌 무엇을 원하지?"
"당신과 같습니다."
이렇게 된 거 세계수를 쓰러트린다.
"아스가르드의 신들을 지상으로 끌어내릴 겁니다."
"네놈이 왜? 이곳 출신도 아니지 않나."
"서리 거인족과 거래를 했거든요. 저로서도 나쁘지 않고."
"그게 거래 내용인가?"
"아뇨, 이건 제가 원하는 거고. 거래는 따로 있습니다."
"말해라."
"두 번. 제가 원할 때 절 도와주십쇼."
언젠가 지금처럼 내가 감당할 수 없는 일이 있을 것이다.
이번엔 누군가를 죽이는 일이 아니라 어떻게든 성공했다.
하지만 나보다 압도적으로 강한 상대를 죽여야 하는 상황이 온다면 나는 그와 최소 동급의 존재에게 힘을 빌리는 것 말고는 방법이 없다.
그렇게 고안해 낸 생각이 펜릴을 아군으로 만드는 것이었다.
애초에 내가 펜릴을 풀어 준 이유는 이게 전부였다.
남들이 듣는다면 힘을 좀 기르고 와도 되지 않았겠냐 하지만.
'언제 그놈이 나타나거나, 라그나로크가 일어날 수도 있잖아.'
나 때문에 미래는 거의 새롭게 개변되었다고 봐도 무방

했다.
 언제 어떻게 변수가 발생할지 모르는 상황.
 여유를 부렸다가 펜릴이 깨어나는 사태가 발생하면 내 계획은 모두 물거품이 된다.
 그러니 힘들더라도 이번이 최고의 적기였다.
 그리고 성공했다.
 "단말을 달라는 얘기군."
 "바로 알아들으시는군요."
 "네놈에겐 단말이 하나 있다만."
 사왕의 것이었다.
 "하나 더 추가된다고 큰일이 생기는 건 아니죠."
 "얄미운 놈이로군."
 펜릴이 피식 웃었다.
 "좋다. 두 번. 네가 위험을 피할 수 없을 때 도와주마."
 [펜릴의 단말을 획득했습니다!]
 [단말은 총 2회 사용할 수 있습니다.]
 '좋았어! 단말도 얻고, 오딘의 눈도 안 쓰고 그대로 가질 수 있어.'
 뜻밖에 소득까지 있어 매우 기분이 좋았다.
 "그만 나가 볼까. 바깥세상으로."
 "서리 거인이 함께할 겁니다."
 "흥! 돕거나 말거나. 그보다 가장 먼저 내 동생을 만나야겠군."

헬은 지금 아스가르드와 우호 관계이니, 요르문간드를 말하는 것이다.

"타라."

"예?"

"등에 타라고."

"어……. 사양하지 않겠습니다."

펜릴의 등에 탈 기회가 몇 번이나 될까?

나는 바로 그의 등에 올라탔다.

"꽉 잡아라. 놓치면 다시 태우러 오지 않을 테니까."

"걱정 마십……!"

말이 끝나기 무섭게 세상의 모든 색이 사라졌다.

그리고 정신을 차렸을 땐.

"진짜 풀었군."

요르문간드가 어처구니없는 얼굴로 나와 펜릴을 번갈아 보았다.

✠ ✠ ✠

요르문간드는 차를 홀짝이며 펜릴을 보았다.

"바로 움직일 거냐?"

"시간 끌어서 좋을 것 없다. 오딘 그 영감은 아주 영악한 작자니까."

"서리 거인이라. 정말 해 볼 만하겠군."

"그들은 언제든 요툰헤임에서 이동할 준비가 되었습니다."
"처음 얘기를 나눴을 때만 해도 믿지 않았었는데. 정말 대단하구나, 애송이."

요르문간드가 길고 고운 손으로 내 턱을 어루만졌다.

"내 신랑감으로 써도 좋겠어."

"죄송하지만, 그건 사양인데요."

"크크큭! 귀엽기도 하여라."

나는 요르문간드의 손에서 벗어나 괜히 턱을 문질렀다.

펜릴이 코웃음을 치며 일어났다.

현재 그는 인간형 모습이었는데, 가슴팍을 제외하고 푸른 갈기가 멋대로 솟아나 있었다.

그 모습이 엄청나게 멋있어 커뮤니티에 올리면 난리가 날 것 같았다.

"움직인다. 나는 정면을 친다. 너흰 알아서 결정해."

"이봐, 그렇게 무책임한 작전이 어디 있어?"

"여기."

펜릴이 쉭 하고 사라졌다.

요르문간드가 쯧쯧! 혀를 찼다.

"어쩔 수 없다. 펜릴은 원래가 혼자 움직이는 걸 선호하니까. 우리도 그만 가지. 신들과 전쟁을 하려면 바빠질 거야."

"네."

나와 요르문간드가 서리 거인의 군대가 존재하는 요툰헤임으로 향할 준비를 했다.

그 끔찍한 존재가 나타나기 전에는 말이다.
[상쾌하다!]
몇 중첩으로 뒤섞인 괴음이었다.
요르문간드의 눈이 휘둥그레졌다.
"말도 안 돼."
나갔던 펜릴도 다시 돌아왔다.
"요르!"
요르는 펜릴이 요르문간드를 부를 때 쓰는 애칭이었다.
"그 녀석이 지상에 올라왔다."
"누구요?"
나는 도통 예상이 되지 않아 두 사람에게 물었다.
요르문간드와 펜릴이 심각한 얼굴로 그 이름을 내뱉었다.
""니드호그!""
악의 종주가 강림했다.

Chapter 6

상황은 참 뜬금없이 급변한다.

나는 당최 모르겠단 얼굴로 하늘까지 뒤덮으며 몰려오는 보라색 독기를 보았다.

펜릴과 요르문간드가 니드호그라고 말했다.

니드호그에 대해 모르지 않았다.

이그드라실을 파괴하기 위해 존재하는 끔찍한 악룡.

그 힘은 오로지 이그드라실 꼭대기에 존재하는 흐레스벨그란 독수리만이 막을 수 있었다.

"그런데 저놈이 왜 나타나는 거야?"

징조 같은 건 없었다.

생각해 보면 이상했다.

얼음 거인도 전생에 존재하지 않았다. 지금도 왜 그런 재앙 같은 녀석이 발생했는지 이유를 몰랐다.

 딱히 궁금하지도 않았지만, 니드호그를 보니 연관이 영 없어 보이진 않는다.

 "갑자기 저놈이 왜 지상에 나온 거지?"

 "뿌리나 갉아먹고 있을 것이지."

 펜릴과 요르문간드도 영문을 모르겠단 얼굴이다.

 내가 말했다.

 "일단 막아야 하는 거 아닙니까?"

 "무슨 수로?"

 "니드호그는 규격 외 강함이다. 어째서 신족이 놈을 사냥하지 않았다고 생각하나?"

 "못했기 때문이야."

 남매는 번갈아 설명했다.

 펜릴의 눈이 세로로 길게 찢어졌다.

 "뭐, 아예 못 막을 건 또 없다만."

 "우리 측도 피해가 상당하겠지."

 두 사람이 나서면 어떻게든 되긴 한다는 말이다.

 그러나 당초의 계획은 시도조차 할 수 없는 상황이 벌어지리라.

 "그럼 그냥 튀어요?"

 "전략적 후퇴라는 좋은 말도 있다만."

 "그거나 그거나요."

 "그럼 이곳을 지키자는 거냐? 웃기는 소리 하지 마라. 내가 그것 때문에 여기에 온 줄 아나?"

펜릴이 무섭게 으르렁거렸다.

그는 신족에게 복수하고 싶은 거지, 목숨을 걸고 니드호그와 싸우려는 게 아니었다.

"잠깐. 그럼 니드호그를 이용해도 되지 않겠습니까?"

"어떻게?"

"방법은 모르겠고, 어차피 니드호그도 결국 이그드라실을 파괴하고 싶어 하는 놈이잖아요. 적의 적은 아군이라고, 아군까진 못 돼도 충분히 쓸 만은 할 것 같은데."

"그 미친 용과 협력을 하자?"

"아주 미쳐 버린 발상이군."

두 사람은 생각보다 부정적인 반응을 보였다.

…그런 줄 알았다.

"아주 흥미로워."

"미쳐 버린 만큼 성공한다면 아주 재밌겠는데."

펜릴과 요르문간드가 서로를 보며 웃었다.

✟ ✟ ✟

로빈손은 공포에 절은 눈으로 다가오는 검은 용을 보았다.

아니, 저걸 용이라고 부를 수 있을까?

세계를 뒤덮을 것 같은 크기의 괴물은 창공을 보라색 독

무로 뒤덮었다.

"제, 젠장."

"이런 미친 세계에 다신 발을 들이나 봐라."

동료 중 절반이 괴물 용이 뿜어내는 독기에 녹아내려 사라졌다.

아직 살아 있는 동료들도 목숨이 경각에 달려 있을 뿐, 죽음이 머지않았다.

"최대한 냉정해져라."

카티라가 말을 걸어온 것은 그때였다.

현재 로빈손의 동료 중 유일하게 멀쩡한 건 그밖에 없었다.

랭커도 아닌 주제에 검 한 자루만으로 지금껏 버티고 있다.

계속 겉도는 녀석이지만, 필요한 순간에 중요한 조언을 해 주었다.

왠지 이번에도 믿어 볼 만하다 생각했다.

"어, 어떻게 할까?"

로빈손은 말하면서도 리더가 할 법한 말이 아님을 알았다.

카티라는 타박하지 않았다.

로빈손에게 조금도 기대한 적이 없었으니까.

"어떻게 하기는. 최대한 피해가 적은 방향으로 도망쳐야지."

"우, 우리는?"

"버리고 간다고?"

몸이 반쯤 녹은 동료들이 어이없는 얼굴로 물었다.

카티라는 그들을 보다가 순식간에 다가가 머리를 꿰뚫었다.

동료들이 채 소리도 지르지 못하고 로그아웃당했다.

갑작스런 상황에 로빈손이 경악했다.

"뭐, 뭐 하는 짓거리야?"

"빨리 아이템이나 회수해. 놈들을 살릴 방법 따윈 없으니 떨군 아이템이라도 돌려줘야지."

"아, 그런 거였어? 그럼 말이라도 하지."

"닥치고 주우라고."

카티라의 낯선 목소리에 찔끔한 로빈손이 동료들의 아이템을 주웠다.

다행히 귀중품을 드롭한 자는 없었다.

"너무 빠르게 가까워지는군."

지금도 독기를 감당할 수 없는데, 더 가까워지면 한 줌 독수가 되는 건 시간문제였다.

"그를 만나기 전엔 리타이어 될 수 없지."

"무슨 소리야?"

"몰라도 돼. 빨리 가지."

카티라가 니드호그와 동떨어진 곳을 향해 달렸다.

로빈손은 울상을 지으며 그를 따라 달렸다.

✠ ✠ ✠

창밖으로 날아가는 신족이 보였다.

완전 무장을 한 걸 보면 니드호그와 결전을 벌일 생각인 듯했다.

토르를 비롯한 전투에 특화된 신들은 보이지 않았다.

"저들만 보내는 건 자살행위 아닌가요?"

"맞아. 무슨 생각으로 저러는진 모르겠는데, 저런 병력으로는 불가능하지."

"그런가."

그때 요르문간드가 뭔가를 깨달은 듯 중얼거렸다.

"뭔데요?"

"발할라를 강림시킬 시간을 벌 생각이구나."

발할라.

오딘이 최후의 전쟁, 라그나로크를 대비해 만든 세상으로, 죽은 전사들이 가는 천국이었다.

말이 천국이지, 조금만 찾아보면 그곳은 차라리 지옥이 낫다 싶을 정도로 끔찍했다.

그런 전사들의 영혼이 모인 만큼 그 강함은 질과 양 모두 상상을 초월했다.

"오딘은 지금 상황을 라그나로크에 준한다고 판단한 건가요?"

"니드호그란 그 정도 괴물이니까."

"세상을 멸망시키기엔 충분하지."
"저희가 먼저 손을 써야겠네요."
"가지."
펜릴이 순식간에 거대한 늑대로 변했다.
나와 요르문간드는 자연스럽게 위에 올라탔다.
쉭-
작은 바람 소리와 함께 우리는 어느새 여관에서 한참 떨어진 곳으로 이동했다.
"거리는 꽤 먼가."
"브르르르르르르!"
"…너 뭐 해?"
요르문간드가 한심한 눈으로 나를 봤지만, 다행스럽게도 그 표정을 보지 못했다.
현재 나는 펜릴의 속도를 버티지 못하고, 얼굴 가죽이 천 조각이 된 것처럼 나부끼고 있었다.
"쯧! 한심하긴."
요르문간드가 투명한 막을 만들었다.
"푸화!"
그제야 틀어 막혔던 숨이 정상적으로 호흡기관을 맴돌았다.
"힘으로 막을 만들면 되잖아? 왜 바람에 얻어맞고 있는 거지?"
"그런 생각까진 못했어요……."

Chapter 6 • 283

"쯧쯧."

"다 와 간다."

펜릴의 속도는 여간 빠른 것이 아니었다.

신족보다 월등히 빠른 속도로 니드호그가 육안으로 확인되는 곳까지 도착했다.

난 저 멀리 보이는 검은 용을 보며 혀를 내둘렀다.

'저렇게 멀리 있는데 하늘 전체를 독기로 물들였던 거야?'

저 정도면 본 대륙, 마마야루에서도 손에 꼽힐 정도의 강함이었다.

아이러니했다.

마마야루 대륙은 신이 지상에 거의 간섭하지 않았다.

한데 아스가르드는 정반대였다.

이곳에 와서 보통 사람보다 신, 혹은 그에 준하는 괴물과 더 많이 마주쳤다.

'그러니까 더럽게 난이도가 높은 거겠지만.'

"접근하겠다. 요르, 준비해라."

"그렇게 부르지 마."

요르는 펜릴이 부르는 요르문간드의 애칭이었다.

괜히 볼을 붉힌 요르문간드는 강력한 장막을 펼쳐 펜릴을 감쌌다.

지금부턴 니드호그의 진짜 독기 영역.

요르문간드를 제외하면 펜릴도, 나도 독기를 버틸 수 없으리라.

 그렇게 하늘을 지나가다, 독기를 피해 미친 듯이 도망치는 두 남자를 보았다.

 그중 하나가 고개를 들었다.

 나와 눈이 마주쳤다.

 그의 왼팔 하박에 황금빛이 일렁이는 게 보였다.

 "어!"

 그는 나를 알아보았다.

 하지만 펜릴은 다시 속도를 높였고, 두 남자는 내 시야에서 거짓말처럼 빠르게 사라졌다.

 "뭐지?"

 "아닙니다."

 '유저들인가?'

 안전성이 보장되지 않은 아스가르드지만, 간혹 모험 정신이 투철한 유저들이 찾아오곤 했다.

 물론 절대 좋은 꼴을 본 유저는 여태껏 없었다.

 '그 황금빛은 대체 뭐지?'

 엄청나게 익숙했다.

 그러다 문득 내 팔을 보았다.

 "어?"

 하박에서 황금빛이 흘러나오고 있었다.

 설마?

 "잠깐만요."

"무슨 일이지?"
"여기서 기다려 주세요. 급한 볼일이거든요?"
"아까 그 인간들과 관련된 일인가?"
펜릴도 그들을 본 모양이었다.
"예. 금방 다녀올게요."
나는 곧장 번개화를 사용하고, 번개의 길을 길게 뻗어 빠르게 이동했다.
그리고 이쪽으로 달려오던 두 남자를 다시 찾을 수 있었다.

✤ ✤ ✤

"확실한가?"
"높이 있어서 얼굴은 제대로 못 봤지만, 이 힘이 분명 그자를 가리켰어. 알딘이 분명해."
"좋군."
뭐가 좋다는 건진 모르겠지만, 로빈손은 알딘이 사라진 방향으로 열심히 달렸다.
그때 하늘 위로 한 줄기 번개가 쾅쾅! 소리를 내며 지나갔다.
두 사람은 달리던 걸 멈추고 하늘을 보았다.
"알딘은 번개를 쓰지."
"그 말이 맞아."

흠칫 놀란 두 사람이 급히 뒤를 돌아봤다.

전신에서 푸른 스파크가 튀는 남자가 서 있었다.

익숙한 얼굴에 감히 구하기도 어려운 갑옷, 트레이드마크라 할 수 있는 흑색 검까지.

"알딘……!"

로빈손이 감격에 찬 얼굴로 그의 이름을 불렀다.

동시에.

"이제 넌 필요 없다."

"꺽-!"

카티라의 검이 아래에서 솟구쳐 로빈손의 턱을 꿰뚫었다.

그리고 머리 위쪽에서 튀어나왔다.

로빈손이 부들부들 떨며 눈동자만 굴렸다.

"그 힘은 내가 받아 가지."

[드레인]

카티라가 로빈손의 왼팔 하박을 붙잡았다.

녹색 기운이 황금빛 힘을 그대로 흡수하기 시작했다.

"너… 뭐야."

"몰라도 돼."

황금빛 힘을 결정체로 뽑아낸 카티라가 검을 뽑아낸 다음 로빈손의 목을 베었다.

"이게 무슨 상관인진 모르겠다만, 동료를 배신하면 쓰나?"

"동료가 아니다. 그보다."

카티라가 씩 입꼬리를 올렸다.

"당신부터 생각하지 그래? 랭킹 1위!"

녹색 힘.

드레인이 알딘을 향해 뻗쳐 왔다.

☩ ☩ ☩

"그 녀석이 잘해 줄까?"

"모르겠군. 하지만 그 힘을 주었으니, 어떻게든 하겠지. 본인도 자신 있다 하지 않았나."

"알딘이 당최 평범한 녀석이라야지."

"너는 어떻게 생각하지, 제로스?"

어두운 공간.

오로지 한 줄기 빛이 떨어지는 지점에서 제로스가 고개를 들었다.

그는 자신을 후원해 주는 자들의 홀로그램을 보았다.

그들은 둠스데이의 실패를 보고 더 이상 대형 길드를 만드는 데 힘을 싣지 않았다.

알딘이 존재하는 이상 아무리 돈을 퍼부어도 홀리 가디언을 지배하는 건 불가능하다 판단한 것이다.

대신 새로운 놀이를 찾았다.

바로 알딘 쓰러트리기였다.

거기에 들어가는 자본은 둠스데이 때 사용된 액수와 크게 다르지 않았다.

재능 있는 수많은 유저가 이들의 손에 의해 사냥꾼으로 자라고 있었다.

상석의 홀로그램이 재차 말했다.

"너는 제법 알딘을 많이 잡지 않았더냐?"

"드레인이란 스킬은 분명 놀랍습니다."

그들은 카티라란 유저에게 드레인이란 힘을 주었다.

모든 것을 흡수하는 능력.

남의 것까지 탐할 수 있는 웃기지도 않는 힘이었다.

그렇다고 알딘을 쓰러트릴 수 있느냐?

"하지만 알딘에게 통하지 않을 겁니다. 그 전에 목이 잘리겠죠."

"확신하는 이유는?"

"드레인은 분명 엄청난 능력입니다."

부정할 수 없었다.

"그러나 절대적이진 않습니다."

한계가 존재한단 말이었다.

"알딘이 가진 힘은 한둘이 아닙니다. 그걸 빼앗는다고, 알딘이 약해질까요?"

제로스는 알딘과 무수히 많이 싸워 왔다.

순수 실력만 따지면 지금도 제로스가 알딘보다 강했다.

그러나 알딘의 힘은 단순히 실력만이 아니었다.

그가 가진 여러 힘과 장비들 모두가 비로소 알딘이란 존재를 완성해 주었다.

"유의미한 타격을 입히지도 못할 겁니다."
"어째서지?"
"드레인으로는 그의 일부조차 제대로 감당할 수 없을 테니까요."

✠ ✠ ✠

"컥!"
"이게 뭔데?"
나는 내 몸을 침범해 오는 녹색 기운을 보며 상대에게 물었다.
"마, 말도 안 돼……!"
"너도 그쪽 사람이구나?"
나를 알고, 나를 적대한다.
지금까지 그런 유저들은 많았다.
그들은 대부분 한때 '둠스데이'의 뒤를 봐주던 조직에게서 후원을 받고 있었다.
"귀찮게 말이야."
"크윽! 이거 놔!"
카티라가 팔을 뿌리치려 했지만, 녀석의 힘으론 불가능했다.
악신의 파편을 뽑았다.
검은 궤적이 빠르게 카티라의 양팔을 갈랐다.

"으악!"

황금빛 기운이 뭉친 수정체가 바닥을 굴렀다.

저것과 내 팔의 황금빛 기운이 공명하고 있었다.

"잘 모르겠지만, 나한테 선물을 주다니. 고마우니까 편하게 보내 주마."

"비, 빌어먹을."

악신의 파편이 카티라의 이마를 관통했다.

압도적인 공격력은 그의 방어력을 없는 취급해 버렸다.

나는 빛으로 산화하는 놈을 보며 수정체를 들었다.

"개꿀."

정확히 어떻게 써야 하는진 모르겠지만, 갓킬러를 사용하는 데 분명 큰 도움이 될 것이다.

나는 기분 좋게 웃으며 다시 펜릴과 요르문간드에게로 향했다.

✠ ✠ ✠

홀로그램 상석의 남자가 답했다.

"네가 그렇게까지 말한다면."

"이번에도 실팬가? 에잇, 재미없게 말이야."

"흘흘흘! 무너지지 않는 성벽을 무너트리는 것이야말로 진짜 재미 아니겠나? 다음은 무엇으로 준비할까?"

"좀 더 생각해 보자고. 다음 회의 땐 다들 아이디어 하나

씩 생각해 오도록. 이상."

홀로그램이 일제히 꺼졌다.

혼자 남은 제로스는 고개를 저으며 몸을 돌렸다.

부자들의 취미는 알다가도 모르겠다.

✠ ✠ ✠

신들은 죽음을 불사하고 니드호그에게 달려들었다.

당연하지만 모두 개죽음이었다.

니드호그의 끔찍한 독기는 어지간히 격이 높지 않은 이상 견딜 수 없었다.

"피해가 커! 모두 거리를 벌려라!"

티르가 선두에서 지휘하며 신들을 뒤로 물렸다.

용은 그런 신들을 보며 생각했다.

저들은 누굴까?

태곳적부터 존재해 온 니드호그였지만, 아무도 오지 않는 지하에만 박혀 지냈다.

신들과 인간, 엘프 등.

수많은 종족의 탄생을 알지 못했다.

그는 그저 꿋꿋이 세계수를 썩게 만들려고 했을 뿐이니까.

같잖다.

니드호그에게 아스가르드의 신족은 딱 그 정도였다.
방해물이란 생각은 애초에 들지 않았다.
발밑 개미를 보고 누가 적으로 인식하겠는가.
니드호그는 그냥 움직였다.
바깥 공기를 맡으러 나왔을 뿐이다.
그에게 공격 의사는 없었다.
당연하지만 신족은 그의 접근을 저지하기 위해 최선을 다했다.
"공겨어어억!"
티르의 외침에 신을 비롯한 모든 전투 병력이 니드호그를 공격했다.
무의미했다.
니드호그의 두꺼운 외피는 신들의 공격 따위로 흠집조차 나지 않았다.
"말도 안 되는 괴물……."
티르는 절망했다.
애초에 오딘은 그들에게 니드호그를 쓰러트리란 명령을 하지 않았다.
시간을 벌라고.
그거면 족하다 하였다.
한데 그것마저 안 될 것 같다.
"형님이, 형님이 필요해."
토르라면 어떻게든 해 줄 것이다.

하지만 이곳에 토르는 없었다.

[크아아아아아아!]

니드호그가 굉음을 질렀다.

대지가 붕괴하며, 하늘이 그대로 찢겨 나갔다.

고작 소리 한 방에 천지가 진동한 것이다.

신들이 모조리 나가떨어졌다.

티르라고 예외는 아니었다.

그는 전쟁의 신이었지만, 지금만큼은 평범한 살덩이에 불과했다.

시야가 아득해졌다.

그 순간 검은 뭔가가 티르를 스쳐 지나갔다.

니드호그의 굉음이 만든 충격파 따위에 아랑곳하지 않은 채.

✟ ✟ ✟

"신들이 모두 나가떨어지네요."

"니드호그는 그만한 괴물이니까."

"그런데 두 분은 아무렇지도 않으시네요. 저까지 감당하고 계시면서."

현재 우리는 니드호그의 지근거리에 있었다.

끔찍한 독기와 굉음 충격파가 직빵으로 떨어지는 위치였다.

하지만 다른 신들과 달리 내겐 아무런 피해가 오지 않았다.

신보다 강력한 두 괴물이 보호해 주고 있기 때문이었다.

"쓸데없는 건 묻지 말고. 곧 대화의 시간이다."

"본체로 현현하겠다. 구원의 신력인지 뭔지, 한계치까지 끌어 올려서 스스로를 보호해라."

"부디 성공을 빌겠습니다."

펜릴의 등에서 뛰어내리며 구원의 신력을 최대치로 개방했다.

[구원의 신력 전력 개방!]

넓게 퍼져 나가는 녹색 신력을 최대한 갈무리해 구의 형태로 온몸을 감쌌다.

펜릴의 몸집이 부풀어 오른다.

아름다운 여인의 피부에 비늘이 올라오며, 순식간에 초거대 뱀이 되었다.

그 크기는 니드호그조차 아득히 뛰어넘을 정도였다.

[우리와 얘기를 좀 하지?]

[니드호그!]

날파리들과는 차원이 다른 괴물들이 나타났다.

니드호그는 살짝 놀랐지만, 이내 차분한 눈으로 두 괴물을 보았다.

검은 용은 단 한 번도 입을 열지 않았다.

이번이 처음이었다.

((재밌는 녀석들이구나.))

찌르르 공간을 통째로 울리는 목소리였다.

나는 구원의 신력으로 몸을 보호하는데도 버티기가 어려웠다.

[오델론이 아직 멀었다며 한숨을 쉽니다.]

"젠장……!"

전신이 빛과 어둠으로 물들었다.

그중 빛은 구원의 신력과 뒤섞이며 연녹색으로 한층 더 밝아졌다.

구체 보호막 위로 반투명한 보호막이 추가되었다.

"허억!"

그제야 좀 살 것 같았다.

빛과 어둠은 완전하진 않더라도, 내 의지대로 컨트롤할 수 있다.

이렇듯 섞일 수 있는 힘이라면 섞는 것도 가능했다.

[니드호그, 우리와 얘기 좀 하지.]

펜릴이 요르문간드의 등에 올라탄 상태로 요청했다.

니드호그의 검은 눈이 펜릴을 뚫어져라 보았다.

((너를 안다. 오랜 세월 심연 속에서 울부짖던 어린 늑대 아니냐.))

태초의 존재에게 펜릴은 그저 아이로 보일 뿐이었다.

[우린 당신이 바라는 걸 이뤄 줄 수 있어.]

이번엔 요르문간드였다.

니드호그는 자신보다 배는 더 큰 요르문간드의 얼굴을 보기 위해 고개를 들었다.
((너에게선 나와 비슷한 힘이 느껴지는구나. 하지만 아직 어려. 덜 익었구나.))
요르문간드 역시 니드호그에게 아이일 뿐이었다.
[쓸데없는 소리는 그만하고. 어쩌겠어?]
[오늘에라도 세계수를 파괴하는 데 전력으로 도와주지.]
니드호그가 두 괴물을 번갈아 보았다.
용은 재밌는 아이들이라고 생각했다.
어림에도 지닌 힘은 강력하다.
하지만 돕겠다는 말은 애당초 성립할 수 없었다.
((나는 누군가의 도움이 필요한 존재가 아니다.))
"피해요!"
불길한 징조를 가장 빠르게 읽은 것은 나였다.
바로 갓킬러를 꺼냈다.
황금빛 수정체를 흡수하고, 이전보다 훨씬 강력한 에너지가 탄생했다.
나는 곧장 갓킬러에 주입했다.
갓킬러가 순식간에 에너지를 흡수하고 본래 크기로 돌아갔다.
동시에 니드호그가 늑대와 뱀을 향해 손을 뻗었다.
[동맹은 불가능이군.]
[그럼 물러나지. 싸워 봐야 손해다.]

((하지만 너흴 먹는다면 나는 그 괴물 새보다 강해질 것 같구나.))

펜릴과 요르문간드가 뒤로 빠졌다.

니드호그는 그들을 도망치게 둘 생각이 없었다.

세상이 암전되었다.

다행히 어둠 속에 나는 자유로웠다.

둘은 아닌 모양이었다.

[젠장! 요르문간드, 그냥 쏴 버려!]

[안 그래도 그럴 참이야!]

요르문간드가 커다란 아가리를 쩍 벌려 독을 뿜어냈다.

펜릴은 일전에 토르에게 사용했던 것과 같은 광선을 내뿜었다.

니드호그가 흠칫하며 뒤로 물러났다.

태곳적 괴물에게도 유효한 공격이었다. 그렇다고 쓰러트릴 수 있는 건 아니었다.

니드호그가 양팔을 뻗었다.

기본적으로 서양의 드래곤과 똑같이 생겨 팔은 짧았지만, 그에게 늘리는 건 일도 아니었다.

[컥!]

[큭!]

늑대와 뱀이 목을 붙잡혔다.

저대로 두면 사달이 나겠다.

나는 프레이야를 일격에 베어 버린 공격을 준비했다.

[데스 사이드 Ver 1.7]

[타깃 Lock On]

[초고대 초월형 드래곤-최상급]

[소거를 시작합니다.]

[소거 불능.]

[최대치 피해 예상량 12퍼센트.]

[공격을 시작합니다.]

신조차 베어 버린 낫도, 태곳적 악룡을 죽이는 건 불가능했다.

그렇다 해도 12퍼센트나 피해를 줄 수 있는 건 대단한 수치였다.

니드호그의 목 뒤로 죽음의 낫이 소환되었다.

((끔찍하고, 광오한 무기로다.))

낫이 니드호그의 살갗을 베었다.

검은 피가 분수처럼 뿜어져 나왔다.

12퍼센트의 피해는 절대 적은 게 아니었다.

충격이 컸는지 펜릴과 요르문간드가 그의 손에서 벗어날 수 있었다.

[큰일 날 뻔했다. 덕분에 살았다.]

[애송이, 방금 거 한 번 더 가능한가?]

"한 방이라면, 가능합니다."

니드호그는 아직도 제정신을 차리지 못했다.

나는 신중하게 홀로그램 창을 보았다.

많은 기술이 있지만, 모든 기술을 알지 못했다.

이 중에서 놈에게 유의미한 데미지를 입힐 수 있는 공격을 찾아야 한다.

그리고 마침내 찾을 수 있었다.

'이거라면.'

확신은 없었지만, 감이라는 게 왔다.

버튼을 눌렀다.

[인페르노 밤(Inferno Bomb) Ver 1.0]

[목표를 설정하십시오.]

"눈앞에 있는 거대한 블랙 드래곤."

[목표 설정이 완료되었습니다.]

[폭격을 시작합니다.]

[충격에 대비하시길.]

위이이이이잉-

꾸와앙!

굵직한 에너지 블래스트였다.

다소 평범해 보였지만, 배 위에서 그 충격을 고스란히 받는 내겐 절대 평범해 보이지 않았다.

펜릴과 요르문간드도 입을 다물지 못했다.

((크아아아아!))

데스 사이드에도 흠칫한 정도로 끝낸 악룡이 울부짖었다.

에너지 블래스트는 순식간에 니드호그를 수백 미터 바깥으로 밀어냈다.

"쓰러트리진 못한 건가?"

[욕심이다.]

[시간이 없다. 바로 자리를 뜬다.]

요르문간드가 갓킬러를 휘감았다.

기다란 뱀이 하늘 위로 날아올랐다.

그 속도가 펜릴 못지않았다.

"저 괴물은 그냥 놔두는 겁니까?"

"어쩔 수 없지. 진심으로 상대한다면 죽이는 건 가능하겠지만, 우리 측도 전멸을 염두에 둬야 한다. 그건 무리수야."

어느새 인간 모습으로 돌아온 펜릴이 뒤를 돌아보며 대답했다.

"태고의 괴물은 만만치 않군."

[이렇게 된 거 이용하자고.]

"어떻게요?"

[어차피 신족은 저 괴물을 어떻게든 막아야 해. 엄청난 피해가 발생하겠지. 쓰러트린다 쳐도 우릴 상대할 여력은 없을 거야. 그때 모든 걸 끝내는 거지.]

"꼴이 우습게 됐지만, 그 방법밖에 없겠군."

펜릴은 말과 달리 아주 탐욕스럽게 웃고 있었다.

겉으론 이성적으로 보여도 그는 분노의 화신이었고, 신

족을 영원토록 증오했다.

"그럼 요툰헤임으로 가죠."

"서리 거인과 합류하자는 거냐?"

[좋은 생각이다. 바로 향하지.]

요르문간드가 궤도를 틀었다.

목적지는 요툰헤임.

그곳에서 기다리고 있을 서리 거인의 군대였다.

오딘은 '창'을 들었다.

그 앞에 세 명의 운명의 여신과 토르, 로키가 있었다.

"아버님, 한시가 급합니다."

"알고 있다. 그러나 우리만으론 피해가 크다. 그러니 발할라를 소환해야만 한다."

"그럼 제가 가서 시간을 끌겠습니다."

"괜찮다, 토르. 타 대륙에서 온 반신이 아주 잠깐, 니드호그를 무력화시켰다."

"그 녀석이요?"

토르가 놀란 눈으로 되물었다.

반신의 힘은 그 역시 직접 보았다.

반신치고 실력이 있긴 했지만, 진짜 신과 비교하면 별것 없었다.

"그 배인가?"

반신에겐 신조차 죽일 수 있는 배가 존재했다.

그것은 분명 위험했고, 강력했다.

"맞을 겁니다. 프레이야를 일격에 죽인 그 배라면 니드호그의 발걸음을 멈추는 것 정도는 할 수 있을 겁니다."

로키는 아쉬웠다.

그 배만 빼앗았다면, 지금쯤 신족을 유린하는 건 니드호그가 아니라 자신이었을 것이다.

이미 다 틀어졌기에 그 속내는 숨겨야만 했다.

오딘이 말했다.

"우리는 승리할 것이다."

"한데, 발할라를 성공적으로 소환해서 에인헤야르들의 힘을 빌린다 쳐도, 그들이 소모되면 차후 다가올 라그나로크를 대비하지 못하게 됩니다."

"염두에 두고 있다."

토르의 말은 지당했다.

운명의 여신들은 니드호그의 강림은 라그나로크와 연결점이 없다고 하였다.

그 말은 라그나로크는 아직 찾아오지 않았으며, 그를 대비하기 위해 만들어 놓은 발할라라는 안배를 지금 사용하면 그때가 도래했을 때 신족은 진짜 멸망할 수도 있었다.

"차라리 다른 방법을 모색해 보시죠."

"답은 내려졌다."

"차라리."

로키였다.

오딘과 토르가 그를 보았다.

로키는 조금 뻘쭘해졌지만, 이어서 말했다.

"흐레스벨그에게 도움을 요청하시면 어떻습니까?"

"불가."

오딘은 단호했다.

"니드호그의 대적자는 오로지 흐레스벨그입니다! 발할라로도 니드호그를 막지 못할 수도 있습니다."

발할라는 라그나로크를 대비하기 위한 안배.

로키의 말처럼 니드호그에게 격파당할 수도 있었다.

그렇게 되면 오히려 상황은 더 나빠진다.

"현재 아스가르드에 이상 현상이 발생하고 있습니다. 끔찍하게 강한 얼음 거인이 탄생하는가 하면, 지하 깊은 곳에서 세계수를 썩게 만드는 데 주력해야 하는 태고의 괴물이 튀어나왔습니다. 하나같이 라그나로크 최후에 세계수를 불태운다는 수르트보다 부족하지 않은 괴물들이었습니다."

"이미 시도해 보았다. 라타토스크를 통해서."

"…뭐라고 했습니까?"

토르가 조심스럽게 물었다.

오딘이 고개를 저으며 대답했다.

"흐레스벨그는 더 이상 존재하지 않는다더군."

모든 신이 침묵했다.

흐레스벨그와 니드호그는 사이가 안 좋았다.
라타토스크라는 다람쥐의 이간질 때문이었다.
라타토스크는 심심해서 이간질을 한 게 아니었다.
흐레스벨그든, 니드호그든 존재 자체가 이그드라실과 세계에 악영향을 끼친다.
그래서 두 존재를 싸움 붙여 정화의 시간을 만든 것이다.
이번에도 마찬가지였다.
라타토스크는 니드호그의 난데없는 행동에 곧장 흐레스벨그를 찾아갔다.
너의 숙적이 지상에 나왔다고.
너를 무시하는 행동이라고.
그렇게 이간질을 할 요량이었다.
없었다.
거대한 독수리는 그만큼 거대한 둥지만을 남긴 채 사라졌다.

오딘의 선택은 어쩔 수 없었다.

다른 신들은 감히 막을 수 없었다.

당장 세상을 구할 방법은 발할라밖에 존재하지 않았다.

'어쩌면 라그나로크란 예언조차 축약된 내용이었을지도 모르겠어.'

펜릴이 봉인에서 해방되었다.

니드호그 정도는 아니어도, 단신으로 신족을 상대할 수 있는 괴물이었다.

무엇보다 펜릴이 봉인된 이유가 무엇이었던가.

신들의 왕, 오딘을 죽인다는 예언 때문이었다.

어쩌면 그 예언이 실현될 수도 있겠다 싶었다.

로키는 고민했다.

과연 이번 전쟁의 승자는 누가 될 것이고, 아스가르드는 어떻게 될 것인가.

고민은 길지 않았다.

"일단 제가 상황을 보러 가 보겠습니다."

로키는 오딘과 토르에게 인사하고 자리를 떴다.

토르는 못 미더운 동생을 보며 말했다.

"다치지나 말아야 할 텐데요."

"저 아이는 자신이 죽을 자리를 누구보다 잘 피해 다닌다. 그러니 너부터 걱정하거라."

토르는 그 말이 의미심장하다고 생각했다.

그는 아버지에게 자신 역시 준비에 나서겠다고 인사하고 자리를 떴다.

오딘은 여신들을 보았다.
"미래는 어떨 것 같은가?"
"당장의 미래는 볼 수 없습니다."
"현재는 미래를 예측할 수 없습니다."
"과거에서 미래를 유추해 보십시오."
여신들이 떠났다.
오딘은 옥좌에 앉아 생각했다.
과거에서 미래를 유추하라.
"새로운 세상이 시작되는가."
오래전, 자신이 미미르를 죽여 아스가르드를 만들었을 때.
분명 새로운 세상이 시작되었다.

✥ ✥ ✥

성공적으로 도주한 우리는 다시 요르문간드의 여관으로 돌아왔다.
바로 요툰헤임으로 가려고 했는데, 잠깐 휴식을 취할 필요가 있다고 판단했다.
그보다 니드호그의 독기가 이곳까지 잠식해 대부분의 사람들이 죽었다.
슬픈 일이었지만, 슬퍼할 시간이 없었다.
니드호그는 금방 회복해 다시 이동을 시작할 것이다.
오늘.

아니, 불과 몇 시간 후.

이그드라실은 사라질지도 몰랐다.

"오늘의 그들이 그토록 두려워하던 멸망의 날이겠군."

펜릴은 덤덤해 보였지만, 역시나 눈엔 분노의 불씨가 일렁이고 있었다.

비록 니드호그란 거악에 의해 직접 손을 쓰진 못하겠지만, 이용하는 것으로 족했다.

오딘만.

자신의 죽음이 두려워 애먼 늑대를 봉인한 그 추악한 노인만 죽이면 펜릴은 만족했다.

요르문간드 역시 후련한 얼굴이었다.

펜릴보다 사정은 나았지만, 어려서부터 신족에게 괴롭힘을 당했다.

커 가며 강력한 힘을 손에 넣었을 땐 신족의 견제로 이런 여관방이나 운영할 수밖에 없었다.

"헬은 방관인가."

"모르겠어."

펜릴과 요르문간드, 지옥 헬의 주인 헬은 3남매였다.

신족과 사이가 나쁜 두 사람과 달리 헬은 그들의 말에 잘 따랐다.

하지만 혈족이기에 두 사람은 누구보다 헬을 잘 알았다.

"그럴 리가 없지."

"소심하기 짝이 없는 녀석이니. 이미 준비해 두었을 수도 있어."

신화 속에서도 헬은 믿음을 주는 척하다가 그대로 통수를 때렸다.

"여튼, 다 쉬었으니 다시 출발하시죠."

"그러지."

요툰헤임으로 이동했다.

그들은 요툰헤임 시작 부근에 밀집해 있었다.

수백의 서리 거인이 무장을 한 채였다.

선두에 우트가르트 로키가 있었다.

"목표는 이룬 모양이군. 축하한다."

"고맙다. 이쪽은 펜릴, 이쪽은 요르문간드다. 이쪽은 우트가르트 로키. 서리 거인의 왕입니다."

내 소개에 양 세력이(펜릴 쪽은 고작 둘이었지만) 인사를 나누었다.

이 정도 전력이라면 충분히 전쟁을 벌이고도 남았다.

"앞으로 어떻게 할 예정이지?"

로키의 질문에 펜릴이 답했다.

"니드호그를 이용하기로 한 이상, 성공적으로 신족을 세상에서 지우기 위해서 해야 할 일은 단 하나뿐이다."

"그게 무엇인가?"

"토르를 죽인다."

토르의 힘은 주신 오딘조차 능가한다.

그 힘은 펜릴이 전력을 다해도 승리를 점칠까 말까였다.

이곳에 모인 힘이라면 토르를 죽이는 게 가능했다.

"확실히. 토르만 사라진다면 저흰 필승이겠군요."

"호락호락하게 당하진 않겠지만, 희생을 감수해서라도 죽일 가치가 있지."

"동의한다."

서리 거인의 왕이 펜릴의 제안을 받아들였다.

"지금 부하에게 연락이 왔다. 토르는 니드호그를 막기 위해 움직였다는군."

"위치도 알고 있나?"

"물론. 알브헤임에 있다. 요정들에게 도움을 요청할 생각이야. 물론 강압에 의한 거겠지만."

"바로 가지."

알브헤임은 이그드라실에 있는 요정의 나라였다.

엘프는 요정의 후손이었다.

요정들의 도움을 받아 낸다면 엘프 역시 전력에 추가할 수 있을 것이다.

그 전에 토르를 죽인다.

요정이 전쟁에 참전하지 못하게 만들 것이다.

"광역 텔레포트를 준비하지."

"가능한가?"

"나에게 불가능한 마법은 없다."

우트가르트 로키가 마법을 준비했다.

아스가르드에서도 토르마저 속인 위대한 마법사가 바로

그였다.
 수많은 마법진이 군단을 휘감았다.
 "텔레포트!"
 로키가 주문을 외우자 거대한 빛이 모두를 일제히 감쌌다.
 그렇게 눈을 뜬 곳은 요정의 세계, 알브헤임이었다.
 그리고 얄궂게도 그들 앞엔 묠니르를 든 토르와 반죽음 상태의 요정이 있었다.
 "너흰?"
 "타이밍이 좋았군."
 "전군, 토르를 살해하라."
 "버러지 같은 것들이!"
 서리 군대가 토르에게 달려들었다.
 묠니르가 무섭게 번개를 내뿜었다.
 거인들이 속속히 쓰러져 갔다.
 강력한 힘이었다.
 나는 조용히 갓킬러를 원래 크기로 되돌렸다.
 황금빛 수정체를 흡수하고 나서부터 에너지 회복 속도가 눈에 띄게 빨라졌다.
 지금이라면 데스 사이드나 인페르노 밤은 사용할 수 없다.
 그 외의 공격기는 모두 가능했다.
 [아토믹 이레이저(Atomic Eraser) Ver 3.5]

은색 광선이 토르에게 쏘아졌다.

토르가 황급히 묠니르를 회전시켜 방패 삼았지만, 원자 분해 광선은 거대한 물질의 회전으론 막을 수 없었다.

"크악!"

직격당한 토르가 수백 미터 날아가 바닥에 처박혔다.

죽이진 못했지만, 타격감을 보건대 효과는 충분했다.

"으아아아!"

열 받은 토르가 괴성을 질렀다.

하늘에 순식간에 먹구름이 끼더니 천둥 번개가 요란하게 치기 시작했다.

수백 줄기의 벼락이 떨어졌다.

서리 거인들은 버티지 못했다.

나도 갓킬러의 보호막이 아니었다면 숯 검댕이 되어 로그아웃됐을 것이다.

멀쩡한 건 펜릴과 요르문간드, 우트가르트 로키였다.

"내가 할게."

셋 중 움직인 건 요르문간드였다.

본모습으로 현현한 요르문간드가 로키를 그대로 물고 어딘가로 날아갔다.

"아, 안 쫓아가도 돼요?"

"알아서 잘할 거다. 토르는 정리됐으니, 우리는 곧장 이그드라실에 있을 '아스가르드'를 침공한다."

아스가르드는 대륙의 이름이기도 했지만, 신족이 사는

나라의 이름이기도 했다.

나는 불안한 얼굴로 요르문간드와 펜릴이 사라진 방향을 봤다.

'에이, 설마.'

신화 속에선 토르와 요르문간드가 동귀어진 하지만, 이곳의 토르는 절대 멀쩡하지 않았다.

요르문간드가 성공적으로 죽이고 복귀할 것이다.

니드호그가 다시 움직였다.

불의 땅과 얼음의 땅에 대지진이 발생했다.

모두 니드호그가 내뿜는 독기의 여파였다.

덕분에 잠에서 깨어난 존재도 있었다.

[누가 내 단잠을 방해하는가.]

전신이 불타는 거인이었다.

옆에 놓인 새까맣게 탄 검은 전체적으로 녹슬어 봐줄 수가 없었다.

[화가 난다.]

불의 거인이 자리에서 일어났다.

녹슨 검을 쥐자, 언제 그랬냐는 듯 새빨간 불길에 휘감겼다.

[모두 다 파괴하리라!]

불의 거인, 수르트가 움직였다.
그리고 이그드라실과 모든 세계가 이어진 비프로스트가 수르트의 불길에 모조리 파괴되기 시작했다.

※ ※ ※

아스가르드의 멸망은 빨랐다.
땅 아래에선 수르트가 비프로스트를 파괴하며 이그드라실로 진격하고 있다.
니드호그는 이미 이그드라실 근처에 도착해 직접적으로 썩게 만들고 있는 중이었다.
토르는 요르문간드와 사라졌고, 나와 펜릴, 로키는 군대를 이끌고 아스가르드의 입구를 파괴했다.
모든 신이 완전무장을 한 채 우리를 맞이했다.
"모든 걸 파괴하라."
서리 거인과 신족 간 전쟁이 발발했다.
펜릴은 신들을 찢어 죽였다.
절대 먹지 않았다.
그는 신들을 역겹고, 더러운 존재라 여겼으니까.
"처음엔 이럴 생각이 전혀 없었는데."
나는 엉망이 되어 가는 아스가르드를 보며 현자타임이 왔다.
언젠가 벌어졌을 일이겠지만, 결과적으로 내 손에서 시

작되었다.

궁금하기도 했다.

이 모든 상황이 종료되었을 때 난 어떤 보상을 받을 수 있을까?

나는 물론이고, 지금의 유저 수준으로 감당할 수 없는 전쟁이었다.

"이런 것도 가상현실의 재미겠지."

누군가의 실수로 메인 스트림이 시작된 경우도 적지 않았다.

메인 스트림보다 스케일이 크긴 했지만, 후반부 메인 스트림을 생각하면 또 그것도 아니다.

이곳의 신들은 마마야루 대륙의 신들과 비교했을 때 신으로 취급하기도 좀 그랬다.

토르나 오딘 정도면 모를까.

"빨리 정리하고 돌아가자."

갓킬러를 재정비했다.

이러다 너무 갓킬러에 의존하는 삶을 사는 게 아닌가 모르겠다.

"그게 뭐 어때서? 세면 장땡이고, 꿀 빨고 좋은 거지."

나는 시원하게 웃음을 터트리며 갓킬러의 힘을 전면 개방했다.

신들이 나가떨어지기 시작했다.

레벨 오르는 소리가 연달아 울려 퍼졌다.

그러나 그것도 잠시.

"끝나지 않았다."

오딘이 나타났다.

푸른색 창을 든 그는 하늘을 향해 창을 들어 올렸다.

"발할라의 전사들이여."

거대한 세계가 창극을 시작으로 소환되기 시작했다.

"적을 섬멸하고, 세계수를 지켜라."

수천만의 군대가 모습을 드러냈다.

✛ ✛ ✛

펜릴은 쏟아지는 병사들을 보며 웃었다.

자신에게서 목숨을 지키기 위해 만든 안배.

명목상으론 불의 거인, 수르트를 쓰러트리기 위해 만들었다지만, 실상은 그게 아님을 알았다.

오딘은 자신을 두려워했다.

펜릴이 움직였다.

명예롭게 전장에서 죽어 간 전사의 영혼들이었지만, 펜릴을 막는 건 역부족이었다.

펜릴은 빠르게 오딘에게 달려갔다.

오딘이 눈앞에 있다.

놓칠 생각은 없었다.

"알딘! 엄호해라!"

"네!"

[거미여왕의 감옥 Ver 2.2]

갓킬러가 오딘을 향해 굵고 커다란 거미줄을 쏘아 냈다.

[패스 인비저블(Pass Invisible) Ver 7.9]

거미줄이 투명해지며, 전사들을 모조리 통과했다.

오딘의 눈이 거미줄을 향했다.

그의 눈엔 오랜 업그레이드를 거친 투명화조차 보였다.

오딘이 위로 날아올랐다.

거미줄의 범위에서 벗어난 것이다.

펜릴이 입꼬리를 길게 위로 그렸다.

"노렸다는 걸 왜 모르나?"

검은 몸체가 오딘의 등을 잡았다.

"새로운 세상에 너 역시 없다."

오딘은 당황하지 않았다.

그저 그런 말을 남겼을 뿐이다.

펜릴은 마음에 들지 않았다.

"체념한 얼굴 따위나 하다니. 그냥 죽어라."

오딘은 반격할 힘을 가지고 있었다. 하지만 하지 않았다.

발할라를 꺼냈다지만, 그들로는 모든 적을 막을 수 없었다.

"새로운 세상엔, 그 누구도 남지 못한다. 내가 그랬던 것처럼."

펜릴의 거대한 아가리가 오딘을 집어삼켰다.

고작 한입에 불과했다.
그리고 넓게 퍼진 독기가 불꽃에 닿았다.
거대한 폭발이 발생했다.
어떤 연유에서 초월자들이 연쇄적으로 깨어났는지 모른다.
중요한 건, 이그드라실의 육중한 몸이 쓰러지고 있었다.
전장에서 검을 휘두르던 헤임달은 보았다.
"배가 떠 있다."
예언이 실현되었다.

11권에 계속

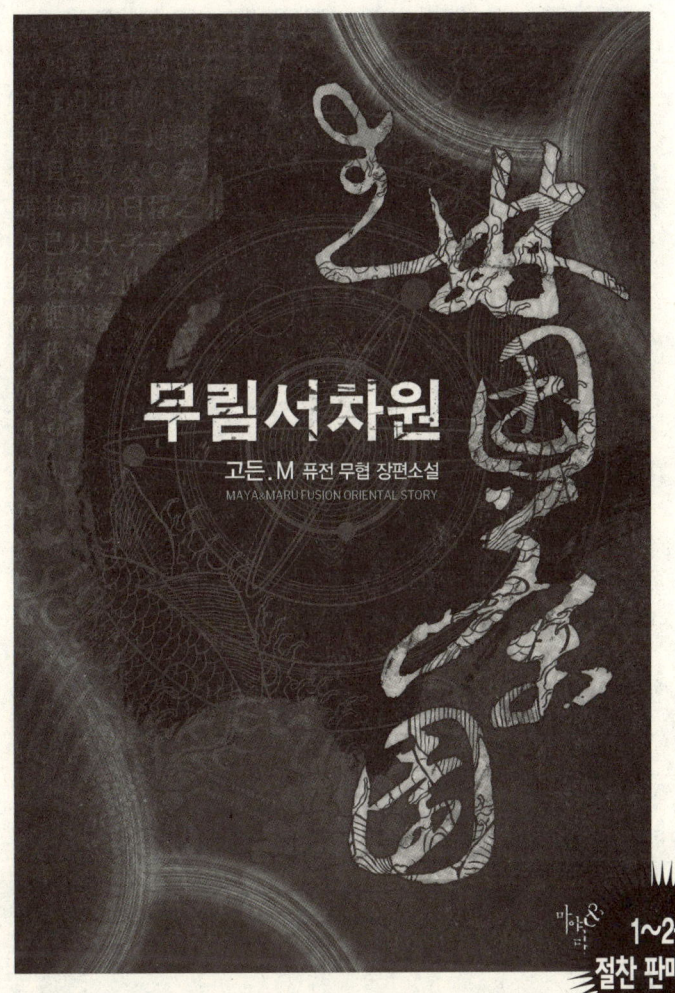

2018년 대한민국 국민으로 살아가던 내가
무림이라는 이 말도 안 되는 세상에 떨어진 지 어언 30년.
알지도 못하는 세상으로 납치해
하루 이틀도 아니고 30년 넘게 무보수로 부려 먹어?
좋게 말할 때 밀린 봉급은 물론이고 퇴직금까지 다 토해 내라.

나의 잠재력은 100.
한국에서, 아니 세계에서 가장 가능성이 높은 플레이어.
"안민현 씨, 2차 제거반에서 나가 주세요."
하지만 각성하지 못한 나는 그저 특별한 일반인일 뿐.
그러던 내게 어느 날, 기회가 찾아왔다!

www.mayabooks.co.kr